김범영 실화소설

# 나는 공무원의 노예였다

이 책은 저자가 직접 경험한 일을 바탕으로 쓴 실화소설로,
다소 극적 표현이 들어간 부분도 있음을 밝힙니다.

# 나는 공무원의 노예였다

| 발행일 | 2015년 6월 10일 | | |
| --- | --- | --- | --- |
| 지은이 | 김 범 영 | | |
| 펴낸이 | 손 형 국 | | |
| 펴낸곳 | (주)북랩 | | |
| 편집인 | 선일영 | 편집 | 이소현, 김아름, 이은지 |
| 디자인 | 이현수, 윤미리내 | 제작 | 박기성, 황동현, 구성우, 이탄석 |
| 마케팅 | 김회란, 박진관, 이희정 | | |
| 출판등록 | 2004. 12. 1(제2012-000051호) | | |
| 주소 | 서울시 금천구 가산디지털 1로 168, 우림라이온스밸리 B동 B113, 114호 | | |
| 홈페이지 | www.book.co.kr | | |
| 전화번호 | (02)2026-5777 | 팩스 | (02)2026-5747 |

ISBN      979-11-5585-634-5 03810(종이책)   979-11-5585-635-2 05810(전자책)

이 도서의 국립중앙도서관 출판예정도서목록(CIP)은 서지정보유통지원시스템 홈페이지(http://seoji.nl.go.kr)와
국가자료공동목록시스템(http://www.nl.go.kr/kolisnet)에서 이용하실 수 있습니다.
( CIP제어번호 : CIP2015015379 )

김범영 실화소설

# 나는
# 공무원의
# 노예였다

길거리에서 경찰이 불러 세운다면
오금이 저린 당신,
대한민국 국민 맞습니다!

북랩 book Lab

# 목 차

# 제1장  악연의 시작

1980년 11월. 나는 국내에서 취업이 힘들어 건설 근로자로서 해외 취업을 목표로 여의도에 있는 L건설의 6개월간 미장공 직업훈련생 과정을 마치고 드디어 대망의 해외 취업을 위해 비행기를 타려고 서둘러 여의도 L건설 집합 장소로 향하고 있었다. 그런데 급하게 서두른다는 것이 L건설 집합장소를 불과 300여 미터 남긴 지점에서 횡단보드를 대각선으로 건너고 말았다. 공무원 집단과 나의 악연이 시작되는 순간이었다.

"야, 이 새끼야! 누가 횡단보도를 대각선으로 건너라고 했어? 이리 와!"

내 나이보다 더 어려 보이는 경찰 녀석이 나를 부르는데 입이 더러웠다. 살인마 전두환 정권이 들어서면서 마치 국민들 앞에 정복자처럼 시퍼런 칼날을 휘두르던, 국민을 위한 경찰이 아닌 정권을 잡은 자들의 하수인 노릇을 하던 망나니 경찰들. 전두환의 힘을 믿고 날뛰는 망나니들의 눈에 자기들에게 월급을 주는 주인이 눈에 들어올 리 없었다. 그들과의 첫 만남은 그렇게 시작되었다. 단 한 번도 범법행위를 하지 않고 착실하게 살아왔던 나였기에 그 충격은 엄청났다.

짝.

무슨 일인가 싶어 경찰 앞으로 다가간 나의 뺨에는 경찰의 손바닥 자국이 시뻘겋게 도장마냥 찍히고 말았다.

"이게 무슨 짓입니까?"

화가 난 나는 그 망나니 경찰에게 따지듯 물었다.

퍽.

"윽!"

망나니 경찰의 발이 내 복부를 사정없이 걷어찼다. 난 비명을 지르면서 앞으로 꼬꾸라지고 말았다.

"이 새끼가! 너 삼청교육대 가고 싶어?"

삼청교육대. 전두환 정권이 폭력배들을 잡아다가 정신순화교육을 시킨다는 미명아래 탄생한 그곳. 과연 폭력배들만 삼청교육대로 보내졌을까? 당시 삼청교육대는 경찰에 더욱 막강한 권력을 부여하고 있었다. 누구든 그들 눈에 거슬리면 온갖 죄명을 뒤집어씌워 강제로 삼청교육대로 보내져 수없이 많은 사람들이 죽었다고 한다.

"어디서 엄살이야? 앉아! 일어서! 앉아! 일어서! 어쭈, 이 새끼 동작 봐라!"

난 어이없게도 망나니 같은 경찰 녀석이 시키는 대로 길거리에서 앉아, 일어서를 반복했다.

"자동!"

"네?"

"자동 몰라, 새끼야? 앉아! 일어서! 혼자 계속 하란 말이야! 야! 거기 개새끼! 너도 이리 와!"

녀석은 나에게 자동으로 앉아 일어서를 하게 시킨 다음 다시 횡단보드를 건너오는 40대 남자를 똑같은 욕으로 불렀다. 그 40대 남자도 나처럼 횡단보드를 대각선으로 건너다 걸려든 것이었다. 그 역시 망나니 손바닥으로 얼굴에 도장을 찍는 것을 시작으로 내 옆에서 앉아 일어서를 반복하는 신세가 되고 말았다.

그렇게 망나니에게 걸려든 사람들은 늘어갔고 시간은 자꾸 흘러 망나니 경찰에게 사정 이야기를 할 수밖에 없었다.

"제가 건설 근로자로 해외로 나가야 해서 지금 회사에 빨리 가야 하거든요. 시간이 없는데……."

"너 같은 새끼가 해외는 무슨. 횡단보도를 왜 하얀 선으로 그렸는지 알아? 그 선 안쪽으로만 건너라는 거야. 질서도 모르는 새끼가…… 그냥 교육 좀 더 받고 가."

놈의 더러운 욕지거리에 화는 났지만 우선 내가 급했다. 6개월간 직업훈련을 받으며 고생한 것이 잘못하면 물거품이 될 위기에 놓였기 때문이다. 시간은 20여 분 남아 있었다. 시간이 늦어 집합 장소에 오지 못하는 사람은 해외 취업이 취소된다고 미리 들었기에 더욱 다급해졌다.

"정말 사정이 급해요. 6개월이나 직업훈련을 받았단 말입니다."

다시 한 번 사정했다. 이미 앉아, 일어서를 50분 째 반복하고 있었다. 쌀쌀한 날씨지만 온몸이 땀으로 범벅이 되었다.

"아니, 이 새끼가! 야, 너 이리 따라와!"

녀석은 나를 50여 미터 떨어진 후미진 골목으로 데려갔다.

"해외 나가면 돈도 많이 벌겠네? 우린 매일 이 고생해 봐야 밥값도 제대로 못 번다고."

"네?"

"점심도 굶었어. 저녁이라도 맛있는 걸 좀 먹어야 되지 않겠어?"

"무슨 말씀이신지 통 모르겠습니다만⋯⋯."

"이런 멍청한 새끼! 밥값 좀 내라고. 그럼 얼른 보내 줄 테니까. 눈치가 없어, 개새끼!"

나는 어쩔 수 없이 주머니에서 천 원짜리 다섯 장을 꺼내 내밀었다. 당시 2천 원이면 최고급 담배 '솔'을 한 보루 살 수 있는 돈이었다.

"햐! 요 새끼 봐라! 내가 거지냐?"

녀석이 도끼눈을 뜨고 날 노려 보았다. 하는 수 없이 천 원짜리 세 장을 더 꺼냈다. 그리고 녀석의 표정을 살폈다. 더욱 화난 표정이다. 할 수 없이 다시 4천 원을 더 꺼냈다. 내 주머니에는 이제 4천 원이 남았다. 당시 나는 담배를 피웠기에 공항 면세점에서 담배 두 보루를 살 돈 정도는 남겨야 했기에 그 돈은 꺼낼 수가 없었다.

"개새끼! 해외 나가면 돈도 많이 벌 새끼가 해외 나가기 싫은 모양이지?"

돈을 더 달라는 이야기였다. 하는 수 없이 남은 4천 원을 몽땅 꺼내 총 만 6천 원을 내밀었다. 건설 현장에 나가도 최소 4일 이상은 일해야 벌 수 있는 돈이다.

"개새끼."

욕설과 함께 녀석의 주먹이 내 복부를 강타했다.

"윽!"

나는 다시 복부를 움켜쥐며 주저앉고 말았다.

"야, 이 새끼야! 해외 나가면 돈 많이 번다는데. 누굴 거지 취급하는 거야?"

"정말 가진 것이 이것뿐이라……."

"이 새끼가 누굴 바보로 알아? 해외 나간다는 놈이 겨우 만 6천 원을 갖고 나왔다고? 아직 맛을 더 봐야겠어! 따라와, 새끼야!"

놈은 나의 먹살을 잡고 다시 사람들이 앉아, 일어서를 반복하고 있는 장소로 데려왔다.

"계속 반복해, 새끼야!"

녀석의 발길질이 옆구리에 작렬했다. 고통이 뒤따랐지만 신음소리도 내지 않았다. 저런 망나니 같은 녀석에게 당하고 있는 미약한 내 자신이 한심하고 분해서 마음의 고통이 더 심했기에 녀석의 발길질 따위는 이미 고통 축에도 들지 않았던 것이다.

"정말 그것뿐이야?"

녀석이 슬그머니 내 옆에서 작은 소리로 그렇게 물었을 때는 이미 L건설 집합 장소에 도착해야 할 시간이 지난 후였다. 난 녀석의 물음에 고개를 끄떡거렸다. 녀석이 손을 내밀었다. 나는 그 돈 만 6천 원을 녀석 손에 쥐어 주었다.

"6개월이나 고생해서 겨우 얻은 해외 취업의 길인데 얼른 뛰어가 봐! 늦으면 안 되잖아?"

마치 생각해주는 척하는 녀석의 말투가 너무도 기막혀서 한 대 때려주고 싶었지만 그래도 혹시나 기다려줄까, 있는 힘을 다해 L건설 집합 장소로 달려갔다. 이미 약속시간은 40분이나 지난 후였다.

정부의 정책에 어쩔 수 없이 하는 시늉이라도 하려고 만든 직업훈련소. 해외로 파견 보낼 인원은 남아도는데 약속도 지키지 않은 직업훈련생 하나를 기다려주거나 용서해줄 리 없었다.

"이미 비행기 떠났소. 다시 대기자 명단에 넣어 드릴 테니 기다려보시오."

말이 대기자 명단이지 L건설에서 이미 내가 설 곳은 없어졌다. 하찮은 전두환의 힘을 믿고 날뛰는 미치광이 경찰 하나 때문에 6개월이란 시간을 영원히 잃어버리고 만 것이다.

화가 났다. 당장이라도 해당 경찰서에 달려가 따지고 싶었지만 전두환의 힘을 믿고 날뛰는 망나니 경찰들의 총칼을 상대하기에 내 힘은 너무도 미약했다.

처음으로 술을 마신 채 길거리를 방황했다. 박정희 정권 때 일본인 앞잡이들을 그대로 그 자리에 앉혀놓은 파렴치한 정치인들 때문에 경찰 조직부터 친일파들이 장악하고, 우리 국민의 피와 땀으로 월급을 받으며 국민의 안전을 지켜야 할 경찰은 정치인들의 안전을 지키고 공무원들의 안전을 지키며 국민 위에 군림하고 국민에게 총칼을 들이대는 존재로 자라고 말았다.

1980년 겨울, 신설동.

지하도를 지나던 나를 반기는 자가 있었다.

"이기면 열 배. 장기 한 판 두고 가세요."

소위 말하는 야바위꾼, 상 하나를 움직여 상대를 제압하는 장기판이었다. 물론 사기는 아니다. 이기는 길은 있다. 장기에 일가견이 있던 나는 충분히 이길 수 있었다.

"에이, 내가 하면 이기는데."

난 빙긋 웃으며 한마디 던지고 그냥 지나치려 했다.

"들었냐? 이 형님이 두면 이긴다는데?"

"장기 고수를 잘못 건드리면 큰일 나. 딱 봐도 고수님이잖아."

"어이쿠! 어떻게 저런 분이 이 촌구석에 나타나셨지? 한 수 가르쳐 달라고 하자!"

옆에 바람잡이 녀석들이 서로 한마디씩 했다.

"……!?"

순간 머릿속에 하나의 불빛이 반짝거렸다.

"옳다! 할 일도 없이 세금만 축내니까 주인도 무는 개새끼가 된 것 아니겠어? 그놈들에게 일거리를 줘야지."

나는 그 즉시 공중전화로 갔다.

"여기 신설동 지하도에 야바위꾼들이 있는데. 이런 자들은 단속 안 하나요?"

경찰에 신고를 한 것이다.

"아, 신고하신 분은 누구십니까?"

"신고자가 누군지 아실 필요가 있습니까? 단속해야 할 자들이 있다는 것 가르쳐드린 것만으로 된 것 아닙니까?"

"그래도 신고하신 분이 누군지는 알아야죠. 장난 전화가 하도 많이 와서."

전화를 받은 경찰은 우선 내 신분이 궁금한 모양인지 계속 내가 누구인지 밝히라고 했다. 하는 수 없이 신분을 밝힌 나는 경찰에게 물었다.

"단속은 어디서 나오십니까?"

"신설동이라 했죠?"

"네. 신설동 지하도입니다."

"그러면 바로 근처에 신설동 파출소가 있습니다. 거기서 나갈 겁니다."

"그렇다면 단속하시면 제가 직접 파출소를 찾아가죠."

두려울 것은 없다는 생각에 나는 직접 파출소를 방문하기로 결심했다. 5분도 안 돼서 경찰 둘이 야바위꾼들을 연행했다. 곧 바로 그들 뒤를 따라서 신설동 파출소로 갔다.

"그쪽이 신고한 사람?"

나이가 제법 많고 얼굴에 개기름이 번지르르한 경찰이 의자에 반쯤 누워서 나에게 물었다.

"네."

"여기 좀 앉지."

그 경찰은 나에게 자신 앞 책상 너머에 있는 의자를 손으로 가리켰다. 나는 그가 가리키는 의자에 앉았다.

"이름이?"

"○○○입니다."

"고향은?"

"강원도입니다."

"친척 또는 친구, 형제 중에 정치인이나 검사나 이런 사람 있나?"

"없습니다."

"종교단체나 시민단체. 이런 데 가입은 했나?"

"아니요."

"그럼 언론사와 관련 있나?"

"아닙니다."

"흠······."

나에게 질문을 하던 경찰은 갑자기 비웃음을 보이더니 옆에 있던 젊은 경찰에게 나를 데리고 가라는 손짓을 했다. 정치인, 검사, 종교단체, 시민단체, 언론사. 경찰이 가장 두려워하는 상대가 나와 관련이 없다는 것을 먼저 확인하고. 나를 어떻게 요리할 것인가 생각하겠다는 것이다. 그리고 나는 이와 똑같은 질문을 34년 후, 2014년 그해 제주도에서, 그래도 30년 전보다는 많이 나아졌다고 생각했는데 안타깝게도, 산림훼손으로 나에게 죄를 뒤집어씌우려던 경찰 입에서, 다시 듣게 된다.

"따라오시오!"

젊은 경찰은 그래도 반말을 하지는 않았다. 그가 데리고 간 곳은 파출소 뒷마당이었다.

"잠시 여기서 기다리시오. 나 화장실 좀."

무엇에 쫓기듯 그 경찰은 달아나버리고 기다렸다는 듯 신설동 지하도에 있던 야바위꾼 둘이 나에게 다가왔다.

"야! ××놈아! 우리가 네 돈이라도 따 먹었냐? 할 일 없으면 가서 자빠져 자던가. 어디서 주제넘게 씨부렁거리고 다녀? 모가지를 확!"

한 놈이 길이 15㎝ 정도의 날카로운 칼을 내 목에다 들이댔다. 저쪽 파출소 유리창 너머로 경찰 하나가 이를 드러내며 하얗게 웃고 있는 모습이 눈에 들어왔다. 의도적으로 나를 혼내라고 파출소 뒷마당으로 데려와 야바위꾼들에게 날 던져준 것이다. 기막힌 일이었다. 경찰이라는 자들이 범법자를 신고한 사람을 오히려 범법자에게 넘긴 것이다. 보복을 하라고 말이다.

"그래서? 여기서 내 목이라도 찌르겠다고?"

나는 오히려 목을 놈들에게 들이밀었다.

"어쭈, 이 새끼 봐라? 이거 전과자가 맞네. 이런 놈의 말을 믿고 우릴 잡아 오다니."

마치 경찰 들으라는 듯 큰소리로 야바위꾼들이 소리를 쳤다.

"어! 이리 오세요."

때 맞춰 화장실에 간다던 젊은 경찰이 나타나 나를 불렀다. 경찰은 다시 나를 파출소 안으로 데려갔다.

"신분증 주세요."

젊은 경찰이 신분증을 요구해서 난 주민등록증을 내밀었다. 젊은 경찰은 나의 신분증을 가지고 약 10여 분 동안 어디론가 사라졌다가 왔다. 아마도 신원조회를 한 모양이다.

"이쪽으로 오세요."

젊은 경찰은 다시 날 데리고 뒷마당으로 갔다. 아직도 야바위꾼들은 그곳에 있었다.

"서로 합의 보세요."

젊은 경찰은 그 말을 남기고 다시 사라졌다. 뭘 합의 보라는 것인가? 범법자를 신고한 사람에게 범법자와 무슨 합의를 보라는 것인지, 기막힌 일이다.

"사기를 친 것도 아니고. 정당한 대결을 해서 밥이라도 얻어먹겠다는데, 우리가 잘못이냐? 왜 신고를 하고 지랄이야?"

야바위꾼 하나가 다시 험악하게 인상을 쓰며 대들었다.

"사기 맞잖아. 이길 수 없는 게임이니 사기지."

내가 따지듯 말했다.

"어! 이 새끼가 우릴 사기꾼으로 몰아가네. 분명히 이길 수 있는 길이 있다고. 그걸 못 찾아서 지는 것뿐이지. 가르쳐 줄까?"

"알아! 분명 이길 수 있는 길이 있다는 건."

"뭐? 안다고? 그런데 왜 우리가 사기야?"

"이길 수 있는 길을 못 가게 옆에서 바람잡이가 훼방을 놓을 테니까, 그게 사기지. 그렇잖아?"

"허! 할 말 없네."

내가 놈들 수작을 훤히 내다보고 있으니 더 이상 할 말이 없는 모양이다.

"형씨! 그냥 이렇게 하자! 내가 보니까 형씨는 장기 고수 같은데. 이번 한 번만 그냥 넘어가자, 응? 나중에 우리가 점심 한 그릇 살게."

"좋아! 어차피 나도 당신들 벌주자고 한 일은 아니니까."

나도 더 이상 야바위꾼들을 몰아세우기는 싫었다. 어차피 그들을 혼내주기 위한 신고는 아니었다.

"그래, 현명하네. 그리고 한 가지 부탁이 있는데……."

야바위꾼 하나가 망설이듯 조심스럽게 말했다.

"무슨 말인지 알아. 내가 당신들한테 혼나고 나가는 모양새가 필요하다 이거지?"

"오, 대단한데? 그런 것까지 알고."

야바위꾼들은 신기하다는 듯 나를 바라보았다. 나는 이미 경찰들이 바라는 것이 그것이라는 것을 알고 있었다. 편안히 앉아 월급 받아먹고 있는 사람을 귀찮게 했으니 야바위꾼들에게 대신 혼내라는 부탁을 했던 것이다. 한심한 경찰. 결국 경찰을 혼내주려던 첫 작전은 그렇게 실패로 돌아갔다. 야바위꾼들에게 주먹으로 한 대 얻어맞기만 하고…….

다음날 나는 용산역 근처에서 다시 불법 직업소개소를 단속하라고 전화를 했다. 역시 경찰이 나보고 현장에 동행을 하자고 말했다. 신고자가 동행해야 단속을 할 수 있다나 뭐라나. 그래서 나는 경찰과 같이 갔다. 허나 그 경찰도 어제 신설동 경찰과 다를 바 없었다.

많은 사람이 오가는 용산역 앞에서 경찰은 뒷짐을 지고 구경만 하고 불법 직업소개업소 주인과 그 직원까지 합세하여 나에게 폭력을 행사하려고 하며 신고를 취소하라고 윽박지르고 있었다.

"뭐하는 겁니까? 민원인이 폭행을 당하길 기다리시는 겁니까?"

나는 경찰에게 항의했다.

"이 새끼들! 어디서 개싸움이야? 모두 서로 연행해."

경찰은 항의하는 민원인까지 묶어서 같이 욕하며 같은 범죄자로 취급하고 서로 연행했다.

"나는 불법업소를 신고한 사람입니다!"

내가 따졌다.

"방금 같이 싸웠잖아. 개새끼야!"

경찰 입이 더럽기까지 했다.

"개싸움이라니요? 나는 저자들이 때리려고 해서 피해 다녔을 뿐입니다!"

"뭐? 물어볼까? 여기! 이 새끼한테 맞은 사람!"

경찰은 불법 직업소개업소 주인과 직원들에게 얼른 손을 들라는 듯 눈짓까지 보냈다. 불법 직업소개소 주인과 직원 두 명이 손을 번쩍 들며 의기양양하게 날 바라보았다.

짝.

경찰 녀석의 손이 내 뺨을 사정없이 때렸다.

"이 새끼! 여기 증인이 있는데, 어디서 오리발이야?"

"이런 새끼는 삼청교육대 보내야 돼."

경찰 두 명이 맞장구를 치며 비웃고 있었다. 역시 전두환 정권의 경찰들은 하나같이 국민을 자신들의 노예로 아는 쓰레기들 뿐이라는 생각이 들었다. 나는 결국 또 경찰들에게 졌다. 다시는 불법 직업소개소 같은 업소를 신고하지 않겠다는 각서를 쓰고 나서야 초라하게 그들 손에서 벗어날 수 있었다.

뭔가 획기적인 아이템이 필요했다. 경찰들이 세금만 빨아먹는 흡혈귀 짓을 못하게 일거리를 주기 위해선 확실한 아이디어가 필요했다. 우선 내가 드러나지 않아야 했다. 더 이상 피 같은 세금으로 월급을 주며 그 자리에 앉혀놓은 경찰들이 주인인 나를 물려고 대들지 못하게 방어를 해야 하기 때문이다. 그래서 선택한 방법이 편지를 이용하는 것이었다. 서울 시내를 돌아다니며 불법 현장을 찾아내어 편지를 이용해서 신고를 하는 방식이었다.

그러나 그들이 한 일은 무엇이었는가. 신고 편지만 찢어 버리고 이행은 하지 않았는지 아무런 움직임이 없었다. 그들은 오로지 전두환 정권에 빌붙어 선량한 사람이라도 폭력배나 범죄자로 몰아 삼청교육대로 보내는 데 혈안이 되어 있었다. 무조건 많이 잡아넣어 성과를 올려야 자신의 밥그릇이 커지니 말이다. 그래서 마땅히 잡아넣어야 할 범죄자들은 그냥 두고, 술 한 잔 마시다가 술병을 깨기만 해도, 술 취해서 비틀거리며 걷기만 해도, 술에 취해 노상방뇨를 해도, 지나가는 아가씨에게 수작 부리다가 걸려도, 이상한 것—몽둥이, 칼, 꼬챙이등—을 들고 다니기만 해도, 지나가는 경찰 얼굴만 빤히 쳐다봐도, 뭔가 트집거리만 잡히면 모조리 삼청교육대에 끌려갔다. 진작 그 삼청교육대로 끌려가 제대로 교육을 받아야 할 자는 전두환이 먼저라는 것을 그들은 몰랐을까?

그래서 두 번째로 생각한 것이 일선 파출소가 아닌 경찰서에 직접 편지를 보내 신고하는 것이었다. 어차피 직접 움직이지 않아도 되니 부하 경찰들에게 지시를 내리지 않을까 하는 생각에서였다. 일선 파출소에선 자신들이 움직이기 싫으니 편지를 찢어 버리고 아무 일도 없었던 것처럼 시치미 떼고 있었지만, 그래도 경찰서에서 근무하는 자들은 자신들이 직접 움직이지는 않아도 해당 파출소에 명령은 전달하지 않을까? 책임도 떠넘길 수 있고, 편지를 찢어서 휴지통에 넣는 수고보다는 전화 한 통이 쉬울 것이다.

나의 생각은 맞았다. 편지를 보내면 일선 파출소에 명령이 떨어져 어쩔 수 없이 경찰들이 움직였던 것이다. 그러나 꼬리가 길면 밟히는 법. 한 경찰서에 두 번 이상 편지를 보내지는 않았다. 그렇게 나는 6개월간 고생해서 해외 취업 직전에, 전두환 정권의 미친 개 '경찰들' 때문에 날아간 나의 꿈, 그 한을 나름대로 달래고 있었다.

1982년 D건설에 취업하여 리비아로 날아가기 전까지 경찰보다 높은 자리에 앉아 보려는 마음에 사법고시에 도전도 했었다. 그러나 법에 대한 지식을 익히면 익힐수록 그 법이라는 것의 허점만 보였다. 그리고 법이 결국 비리의 온상이란 것과 이 역시 법을 지키지 않으려는 자들이 만든 것이라 자신들이 빠져나갈 길을 교묘히 만들어 놓고 겉만 번지르르하게 포장을 해놨다는 것을 알게 되면서 환멸을 느끼고 사법고시도 포기했다.

학생들이 치르는 수능시험도 툭하면 비리가 터지는 세상에 대한민국 상위 1프로 자리로 가는 문이라는 사법고시, 행정고시, 외무고시, 임용고시까지, 사실상 정답이 없는 문제들만 출제하면서 단 한 번도 비리가 터지지 않은 것은 이미 상위 1프로 자리를 점령한 기득권자들이 자신들 비리를 드러내지 않기 때문일 것이다. 비리 자체도 없는 것으로 만들 수 있는 그들이다. 그리고 특히 자신들의 자리에 낯선 사람이 오는 것을 환영하지 않을 것이 뻔하다.

어쩌다가 실력이 뛰어나 고시는 패스해도 결국 검사나 판사의 길로 가려면 그들의 허락이 필요하지 않을까? 난 그것이 싫었다. 그들의 개가 되긴 싫었기에 포기했다.

리비아에서의 일은 고된 노동이었지만 우선 전두환 정권의 개와 같았던 경찰들을 보지 않아도 되므로 마음은 편했다.

그리고 나는 리비아에서 1년을 보낸 후 귀국하여 박달재 아래 도봉이라는 마을에서 만화가게를 시작했다. 그들, '경찰들'과의 악연은 그곳에서도 이어졌다.

1983년 가을.

사촌형네 집에서 잠을 자고 아침에 가게 문을 열려고 온 나는 깜짝 놀랐다. 자물쇠가 뜯겨 나가고 만화책 신간이 50여 권 사라진 것이다. 누군가 밤에 장도리로 자물쇠를 뜯고 들어와 책을 훔쳐간 것이다. 즉시 근처 파출소에 신고했다. 그러나 그들은 나에게 조서만 받고는 나와 보지도 않고 범인을 잡으려고 하지도 않았다. 황당했다. 도둑이 들었다고 신고를 하면 당연히 현장에 나와서 사진도 찍고 조사도 하고 해야 하는 것인데 그들은 두문불출했던 것이다.

결국 사흘이 지난 후 할 수 없이 나 혼자 수사를 해서 범인을 검거해서 경찰에 넘겼다. 안타깝게도 고등학생 두 명이 범인이었다. 그냥 혼내주고 다시 풀어주고 싶은 마음뿐이었다. 다음날 나는 동원훈련이 있어서 충주로 훈련을 받으러 갔다. 동원훈련 이틀째, 도봉 파출소에서 경찰 하나가 훈련장으로 찾아왔다.

"사람만 잡아다 주고 가면 어쩝니까? 조서를 써야 하니까 파출소로 같이 갑시다."

대뜸 한다는 말이 어이가 없었다. 분명 나는 범인을 넘기고 조서를 쓰고 왔다.

"조서를 다 받지 않았습니까?"

내가 어이없어 반문했다.

"그것 가지고는 안 되고 다시 써야 하니까 갑시다."

경찰은 막무가내 식으로 부대에 동의를 받고 파출소로 나를 데리고 갔다.

"여기 지장 찍고, 여기도 찍고."

경찰이 두툼한 서류뭉치를 내밀고 그 한 장, 한 장을 접어놓으며 지장을 찍으라고 했다.

"무슨 내용인지 봐야 지장을 찍을 것 아닙니까?"

나는 그들이 내민 서류 뭉치를 보며 말했다.

"아, 먼저 받은 조서 내용과 같은 건데 지장을 덜 받아서 그럽니다. 그러니 그냥 찍으세요."

뭔가 수상해서 경찰이 들고 있는 조서 뭉치를 빼앗다시피 들고 살펴보기 시작했다. 내가 쓴 조서 내용 가운데 터무니없는 내용이 있었다.

내가 저녁에 자물쇠가 고장 나서 뜯어 버렸던 것을 잘못 알고 도둑이 들었다고 했습니다. 만화책도 빌려준 것을 잃어 버렸다고 했으며 두 학생들은 잘못이 없습니다. 나의 실수로 마음에 상처를 받은 두 학생과 부모에게 머리 숙여 사죄합니다.

이런 어처구니없는 내용의 조서가 슬그머니 끼워져 있었던 것이다.

"이게 뭡니까? 왜, 범인 중 하나가 전직 경찰관의 자식이라서 그럽니까?"

나는 강력하게 항의했다. 범인 중 한 학생이 전직 경찰관 자식이었던 것을 미리 알고 있었기 때문이다.

"아, ××놈!"

어느 경찰이 나더러 들으라는 듯 욕설을 토해내고 있었다.

"그냥 넘겨!"

사태의 심각성을 느꼈음인가. 파출소장인 듯 보이는 자가 신경질적으로 말했다. 내 앞의 앉았던 경찰관 녀석이 슬그머니 끼워 넣었던 엉터리 조서를 박박 찢어 휴지통에 버리고 먼저 내 지장이 찍힌 조서를 들고 와서 확인을 시키는 태도가 마치 조폭들이 협박하는 말투와 같았다.

"이렇게 하면 됐소? 둥글둥글 살면 되지, 여기서 더 살기 싫소? 사촌형도 여기 산다면서? 어차피 도둑놈이니 고등학생이고 뭐고 그냥 집어넣으면 그만이지 뭐."

경찰 입에서 나올 말은 아니었다. 그는 투덜대며 몇 군데 더 지장을 찍으라고 하고 보충 내용을 더 쓰고 그만 가보라고 했다. 난 다시 동원훈련을 받는 부대로 복귀했다.

조서 내용에 슬그머니 자신들에게 유리한 내용을 끼워 넣기.

이것이 경찰들의 한결같은 방식인 모양이다. 안타깝게도 전두환 정권에서나 통용될 것 같은 이 방법을 나는 2014년, 정말 민주 경찰이 다 됐다고 생각한 경찰들에게 똑같은 방법을 목격하게 된다.

동원훈련을 끝내고 돌아온 나는 어처구니없는 일을 또 당했다. 이미 구치소로 넘겼어야 할 범인들이 아직도 각자 집에 편안히 있는 것이었다.

"조서를 더 보충해야 할 내용이 있어서……."

물론 핑계였다. 경찰들은 사촌형과 지역 주민들에게 이미 날 설득하라고 부탁을 했던 모양이다. 범인들 부모부터 무릎을 꿇고 용서를 빌었고, 지역 주민은 물론 사촌형까지 없던 일로 하라고 부탁했다. 이 동네에서 살려면 그래야 한다고 은근 협박하는 것도 잊지 않았다. 나는 학생들의 미래까지 망치게 할 수 없다는 생각에 결국 그들을 용서해주고 말았다. 그러나 그 후 경찰들의 태도는 나를 그곳에서 살기 힘들게 했다. 매일 감시하며 불법을 저지르기만 하면 가만두지 않겠다는 협박을 했다. 또 훔쳐간 책들은 주인에게 반납해야 옳았지만 은근슬쩍 그 학생들에게 주는 파렴치한 행위도 했다.

만화가게 하나 하다가 책도 잃어버리고 스스로 범인을 잡다 주고도 오히려 그 동네에서 나는 쫓겨나고 말았다. 국민들의 세금으로 월급을 받으면서 국민을 노예로 생각하는 경찰들 손에.

둥글둥글 사는 것이 최고라 했는가. 전두환 정권에서는 경찰과 부딪혀 봤자 손해만 난다는 것을 느끼고 비겁하게 주인의 도리를 잊은 채 나는 조용히 나의 삶을 추구하고 있었다.

1984년 여름 서울.

운전 면허증이 없던 나는 봉고차를 갖고 있는 사람에게 운전까지 해달라는 조건으로 차량을 빌려 여름 피서를 떠났다. 친척들과 같이 남해안을 구경하며 부산 해운대로 갈 생각이었다. 우리를 태운 봉고차는 경부고속도로를 달리고 있었다.

그런데 묘한 장면이 내 눈에 들어왔다. 봉고차 주인이 직접 운전을 하는데 천 원짜리를 40여 장 준비하더니 두 장씩 꾸깃꾸깃해서 비닐봉지에 담아 운전석 옆에 놓는 것이었다.

"이건 뭐하시려고?"

내가 의아한 표정으로 묻자, 차량 주인은 쓸쓸한 미소를 지었다. 몹시 궁금했지만 더 이상 묻지 않았다. 그 궁금증은 고속도로를 달리며 자동으로 해결되었다.

"급한 것도 없으니 안전하게 천천히 갑시다."

나는 조수석에 앉아 차량을 천천히 몰 것을 당부했다. 봉고차 주인은 80킬로미터 정도로 천천히 달리고 있었다.

"벌써 붙었네."

봉고차 주인이 백미러를 보며 중얼거렸다.

저 멀리 뒤로 경찰 오토바이가 보였다. 순식간에 번개처럼 봉고차 옆으로 다가온 오토바이를 탄 경찰이 차를 옆으로 세우라는 손짓을 했다. 봉고차 주인이 차량을 길가에 세우자 경찰 녀석이 묘한 미소를 지으며 그에게 손을 내밀었다.

"과속이야! 이런, 이렇게 사람도 많이 태우고 다니면서 천천히 다녀야지"

경찰들이란……. 존댓말은 배우지도 않는 모양이다.

분명 내가 옆에서 봤는데 과속을 하지 않았다. 정상 속도였는데 과속이라니? 의문이 생겼다.

봉고차 주인은 비닐 봉투에 넣었던 천 원짜리 두 장을 꾸깃꾸깃해서 경찰 손에 쥐어 주었다.

"천천히 다녀."

경찰은 당연히 받아야 할 돈을 받았다는 투로 다시 반말을 남기고 그 자리를 떴다.

"뭐죠? 정상적인 속도였는데?"

내가 봉고차 주인에게 어이없다는 투로 물었다.

"코에 걸면 코걸이, 귀에 걸면 귀걸이죠."

봉고차 주인 말이 더욱 황당했다. 아무리 그렇다 해도 규정 속도를 지켰는데 과속이라고 돈을 뜯어가다니. 조직폭력배보다 더한 놈들이 아닐 수 없었다. 그 같은 현상을 그해 여름 피서를 다니는 길에 수없이 보았다. 조직폭력배들이 상인들 주머니를 턴다는 이야기는 들었어도 경찰이 운전자들 주머니를 턴다는 소리는 듣지 못했는데 직접 보니 과연 경찰이 범죄자들보다 나은 것이 무엇인가 하는 생각이 들었다. 그래서 더욱 나쁜 놈들이라 생각했다.

규제가 비리를 낳는다. 그 비리의 온상 속에 놈들은 자신들 밥그릇을 채우려고 수없이 국민들을 규제할 뭔가를 찾는다. 국민들을 노예로 생각하는 공무원들과 정치인들 손에 의해 그렇게 그들 밥그릇을 채울 규제가 만들어졌으니 어찌 통탄할 일이 아니겠는가.

이 나라 주인인 국민이 자신의 땅에 자기 집을 짓고 살아갈 당연한 권리를 갖고 집을 하나 지으려 해도 각종 규제를 내세워 허가를 미루다가 원하는 돈이 자신들 주머니에 들어와야 인심 쓰는 척 허가를 내주는 공무원들. 그것이 그들이 만든 규제고 법이다. 이러면 되고 이러면 안 된다, 이건 되고 이건 안 된다, 이런 내용을 어떤 일이 있어도 지켜진다면 옳은 법이고 규제다. 하지만 놈들—공무원—손에서 될 수도 있고 안 될 수도 있게 만들었으니 놈들이 자신의 밥그릇을 채우는 데 이를 이용함은 물론 국민들을 노예와 같은 신세로 전락시킨다.

쉽게 말해 임야에 50년 묵은 소나무가 한 그루라도 있으면 건축을 할 수 없다는 법이 존재한다고 하자. 집이 없는 국민이 자기 땅에 집을 짓고 살아야 한다면 이 법에 예외조항을 두고 주택을 건축할 수 있도록 만들어야 하는 것이 이 나라 주인인 국민에 대한 도리다.

그런데 반대로 기업이나 외국인 투자자에게는 법을 무시한 채 개발을 허가해주는 것은 물론 국유지까지 헐값으로 팔아넘기며 혜택까지 주고 자신들의 주머니를 채우는 비리가 존재하는 것이다. 반면 이 나라 국민의 한 사람으로서 조그만 집이라도 하나 지으려 하면 별 트집을 다 잡으며 돈을 요구한다. 이것이 국민을 노예로 아는 공무원 집단의 횡포다.

법에도 규제에도 묘하게 허점을 만들어 놨다. 자신들이 된다 하면 되고, 안 된다 하면 안 되도록 말이다. 이 나라 주인으로서 공무원들의 노예가 되지 않으려면 바로 그들이 자신들 밥그릇을 채우기 위해 만든 그 허점을 역으로 이용해야 되지 않을까?

그래서 다시 법학 공부에 매달렸고 사법고시에 도전장을 던지기로 했다. 바로 국민을 노예로 아는 몰상식한 공무원 집단에게 이기기 위해서였다.

하지만 그 역시 내가 앞뒤 구분하지 못하고 달려든 것이라는 사실을 뒤늦게 알게 되었다.

고시공부를 하며 알게 된 고시생 친구들. 처음에는 공부 못하는 사람들의 하소연 정도로 듣고 넘겼는데 차츰 그들이 하는 말이 옳다는 것을 알게 되었다.

모든 법에는 다 애매모호한 조항이 곁들여져 있다.

누군가 사람을 칼로 찔러 죽였다. 당연히 살인죄를 적용하고 이 경우 형량이 몇 년이다 하고 틀림없이 법에 규정돼 있다면 옳은 법이며 법을 집행하는 데 비리가 생기지 않는다. 물론 증거가 확실하고 범인이 자신의 죄를 인정했다면 말이다.

그러나 증거는 확실한데 범인이 자신은 술이 취했지만 칼은 들고 있지 않았다고 하거나 칼을 들고 있기는 했는데 죽은 사람이 갑자기 달려들다가 스스로 찔렸다고 한다면, 살인죄를 적용하고 형량을 정하는 데 문제가 생긴다. 무조건 살인죄니 몇 년 감방에서 살라고 법을 집행할 수는 없는 것이다. 이렇게 정말 억울하게 죄인이 되는 것을 구제하기 위해 변호사 제도가 있다고 본다.

그러나 그들은 변호사 제도를 교묘하게 이용한다. 죄를 짓고도 법망을 빠져나가기 위한 수단으로 변호사 제도를 이용하는 자들. 소위 그들 스스로 말하는 1프로 상위계층, 지배자, 지도층, 고위직, 다 한 가지 분류의 사람들을 가리키는 용어다. 그들은 법을 너무도 잘 안다. 그렇기에 빠져나가는 길도 잘 안다. 그래서 사람을 죽이고도 호화로운 병원 병실 또는 교도소에서도 특급 대우를 받으며 편안하게 지내는 자들이 그들이다.

그들에게 돈을 먹은 정치인 또는 친분이 있는 정치인. 그들 머릿속엔 법을 올바르게 집행하려는 생각은 이미 없다. 오로지 어떻게 하면 그들을 풀어줄까, 그것부터 머리 싸매고 걱정한다. 그래야 또 돈을 얻어먹을 수 있기 때문이다. 그래서 무슨 기념이다, 하면서 그들부터 사면해주기 바쁘다.

그 정도라면 정말 사법고시에 도전해서 검사, 판사가 한 번쯤 돼보고 싶어진다. 썩어빠진 그들의 머릿속을 깨끗하게 청소해주겠다는 거대한 포부를 갖고 말이다.


"소위 1프로라는 자리에 그렇게 오르기 쉬운 줄 알아?"

같이 고시공부를 하는 선배들이 하나같이 하는 말이 있었다.

"어느 동네에서 네가 생선가게를 하나 차려서 독점하며 장사를 잘하고 있는데, 누가 네 옆에다 생선가게를 차린다면?"

이것이 고시공부를 하는 선배들. 또는 친구들이 꼭 한 번 던지는 질문이었다.

"당연히 그가 발붙이지 못하게 해야지. 그래야 내 밥그릇이 안전하니까."

내 대답에 선배들은 다음과 같은 말을 하곤 했다.

"그러니까. 그들도 역시 마찬가지야. 고시란 것이 어디 답이 있는 문제들인가? 출제된 문제지에 대한 답안이 공개된 적 있어? 수능, 토익 이런 것들은 문제지에 대한 정답이 반드시 공개돼서 수험생 스스로 몇 점 받았다, 합격이다, 불합격이다, 라는 것을 알지만 사법고시, 외무고시, 행정고시, 임용고시, 뭐 이런 '고시'자 들어가는 것들은 문제는 나오지만 그 답도 애매모호하고 나중에 정답이 공개되지도 않아. 오로지 수험생들의 합격, 불합격 사항만 공개 처리되지. 왜? 바로 그들이 말하는 소위 1프로 행렬에 합류할 수 있는 중요한 관문이거든. 그들이 과연 자신들의 혈연 이외에 그 관문을 넘는 것을 환영할까? 수능은 문제 유출이니 뭐니 비리가 심심하면 터지는데 그 관문만 넘으면 상위 1프로라는 고위층으로 들어갈 수 있는 고시는 왜 단 한 번도 비리가 터지지 않았는지 알아? 소위 1프로 자리에 있는 자들이 관리를 하거든. 그들은 자신들 비리나 실수를 국민들이 아는 것을 싫어하니까. 대학입학과 관련한 비리들은 어차피 국민들 것이니 드러나도 그만, 안 드러나도 그만이지만 자신들 영역으로 들어오는 관문은 국민들이 알면 안 된다 이거지. 지금까지도 고시에 대한 비리나 문제는 없었고 앞으로도 쭉 없을 거야."

"그러면 일반 국민들은 고시에 합격할 수 없다는 겁니까?"

내가 다시 물었다.

"그건 아니지. 그러면 우리가 머리 싸매고 공부를 하겠어? 단지 1차 시험이 80점, 2차 시험이 20점, 합이 100점 만점에 커트라인이 80점 이상이라면 반드시 1차 시험에 80점 만점이 아니라 100점 이상을 받으면 이 지긋지긋한 문을 통과할 수 있을 것이라는 기대감을 가지고 공부를 하지. 어차피 2차는 면접이니까 그들 마음대로 아니겠어?"

"80점 만점인데 어떻게 100점 이상을 받는다는 겁니까?"

"그들이 더 이상 합격이니 불합격이니 고민을 할 수 없게 완벽하게 시험을 통과해야 하니까 그들이 원하는 답 이상을 받아야 한다, 이 말이야. 물론 그래봐야 변호사밖에 못하겠지만 말이야."

"변호사요?"

"그들의 혈연, 학연, 어떤 연도 없는 자를 검사, 판사 자리에 않게 하겠어? 잘못하면 자신들에게 칼을 겨눌 수 있는 그 자리에?"

"그러면 어쩌다 운 좋게 고시를 통과해도 변호사 자리가 고작이라 그겁니까?"

"아니 또 있긴 하지. 그들의 눈에 들어서 혹시라도 사윗감으로 보여 진다면 가능할 수도……?"

"에이, 설마…… 그렇게까지……."

"순진하긴. 골목상권을 차지하려고 생선장수도 경계를 한다면서 소위 말하는 대한민국 상위권 1프로 자리를 지키지 않으려고 한다, 이거야?"

그들의 이야기를 들으며 나도 차츰 동의를 하게 됐다.

"사법부, 행정부, 외무부, 교육부. 이런 고위층 자녀들은 그럼 그 자리에 앉기 쉽다 이겁니까? 고시를 치르지도 않고?"

나는 다시 이런 질문을 했다.

"아니지. 국민들 눈이 있는데. 그리고 소위 말하는 그 상위계층 1프로 자리에도 서로 간의 경쟁은 있거든. 그러니 고시는 치러야지. 단지 우리들은 80점 만점에 100점을 받아야 되지만. 그들의 자녀들은 60점만 받아도 된다. 이것이 틀릴 뿐이야. 그들 손에서 만들어지는 고시 문제들이니까. 사전에 자녀들에게 일부라도 전해지지 않겠어?"

"에이, 설마요. 그래도 지식인들이라는 사람들이 그렇게까지……."

"지식인? 뭐가 지식인이야? 그들이 말하는 소위 1프로 자리에 앉아 있으면 지식인이야?"

그 질문에 대꾸조차 할 수 없었다. 지식인은 과연 어떻게 구분할 수 있는 것일까. 구분할 수 없었다.

"그럼, 여기서 이렇게 머리 싸매고 공부하는 이유가 변호사가 되려는 것입니까?"

"변호사는 무슨. 변호사가 돼서 로펌의 개로 살려고? 그 짓 하려고 이렇게 피터지게 공부하는 줄 알아?"

"그럼?"

"혹시라도 검사, 판사 자리에 갈 수 있지 않을까. 그렇게 되면 소위 말하는 1프로 고위층의 비리를 반드시 박살내겠다는 헛된 희망을 갖고 공부를 하지. 하하."

선배들이 허탈하게 웃었다. 그 웃음 뒤엔 눈가가 촉촉하게 젖었다.

"하하하……. 소위 말하는 1프로 상위계층들 고민도 이해를 좀 하겠네요."

나도 따라 웃고는 말했다.

"뭐가?"

선배들 역시 하나같이 똑같은 질문을 한다.

"자신들 영역 침범도 모자라 자신들 비리를 캐겠다는 사람들을 누가 그 자리에 앉게 하겠어요. 나 같아도 막겠네."

"뭐? 하하하……. 그래! 네 말이 맞다."

"하하하……."

그렇게 대화의 끝은 늘 허탈한 웃음으로 마무리되곤 했었다.

그리고 이 말은 아직까지 내 귓가에서 떠나질 않고 맴돌고 있다.

수능시험 비리는 터져도 대한민국 1프로의 자리로 가는 관문 사법고시, 외무고시, 행정고시, 임용고시 등 고시에 대한 비리는 터지지 않을 것이다. 그건 그들, 대한민국 1프로 자리를 방어하고 싶은 그자들이 관리를 하기 때문이다.

"혹시 알아? 자넨 키도 크고 얼굴도 잘생겼으니 그들 눈에 들어서 사윗감이라도 될지. 그럼 검사 자리 정도는 예약된 셈인데. 열심히 해 봐. 하하하……."

"그럼 검사들은 다 잘생긴 사람만 되겠네요?"

나의 농담에 선배들은 다시 이렇게 답했다.

"그래서 그런가? 검사들 보면 대부분 다 잘생겼더라고. 그중 못생긴 자들은 소위 말하는 대한민국 1프로의 자녀들이겠지. 으하하……."

"선배님들 말씀이 다 틀린 것도 아니고 다 맞는 것도 아닌 것 같아요."

"처음에 다들 그래. 그렇게 말하며 공부하지. 그러다 낙방 딱지가 하나둘 생겨나면서 스스로 배우게 돼. 분명 자신은 80점 이상 또는 100점을 확신해도 낙방하다 보면. 하하하……."

"정답이 없는 문제들이 출제된다면서 어떻게 자신의 점수를 알아요?"

"매일 배우는 것이 그건데 모를 리가. 고시생 100명만 모이면 자동으로 그 답을 알아. 최소한 한두 문제는 확실하게 정답을 알거든. 고시생은 어디 다 바보들인가?"

"그럼 정말 만점을 받은 것이 확실해도 불합격 처리가 된다, 이 겁니까?"

"지금까지 어디 갔다 왔어? 조그만 골목의 생선장수도 자신의 자리를 지키려고 애쓴다며? 대한민국 상위권 1프로 자리가 생선가게와 같다고 봐?"


선배들과 대화를 하면서 사법고시 공부만을 한 지 2년. 그 짧은 기간에 나는 도전을 포기했다. 단 한 번도 고시에 도전하지 못하고 공부만 하다가 포기한 나는 선배들의 말들을 너무 믿은 것은 아닐까? 아니면 나도 모르는 사이 스스로 정말 느꼈던 것일까?

그 후 나는 정말 생선 장사를 시작했다. 그리고 스스로 그걸 깨우치게 되었다.

조금 장사가 될 만하면 같은 업종으로 그 옆에 장사를 시작하여 서로의 살점을 도려내며 피터지게 싸워야 하는 장사. 잘돼도 안 되는 척하며 해야 하고, 누가 같은 장사를 시작하지 못하게 사전에 철저히 막아야 하는 것 또한 수단이며, 막지 못해서 옆에 같은 장사꾼이 생겼다면 철저히 밟아 망하게 하거나 쫓아 버려야 내가 사는 것이다.

허니 대한민국의 가장 잘나가는 자리라는 소위 상위 1프로 자리야 말해 무엇 하리오.

그야말로 생존의 법칙인걸.

제2장  그들이 만든 법과의 결투

망나니 경찰들의 세상, 전두환 정권이 국민들의 고혈을 빨아먹고 물러갔다. 그 뒤를 이어 들어선 짜고 치는 고스톱 정권 노태우, 김영삼 정권은 이 나라를 파국으로 이끌며 자기 나름대로 규제를 만들어 세상에 내놓고 자랑스러워했다.

　의약분업은 병·의원과 의사들, 의약업체 비리의 온상으로 자리 잡으며 역시 공무원들의 주머니를 채워주는 역할을 톡톡히 했다. 또한 관련 공무원 집단을 신설함으로써 자신들의 세를 더욱 키워나갔다.

　금융실명제는 이 나라를 파국으로 만든 결정타였다. 전두환 정권에서 김영삼 정권에 이르기까지 국민을 노예로 생각하며 오로지 자신들의 밥그릇만 챙겨왔던 공무원 집단에 의해 이 나라 국민들 경제 사정이 최악인 상황에서 앞뒤 가리지 않고 내놓은 규제인 금융실명제. 비실명 자본들이 썰물 빠지듯 빠져 나가며 이 나라 경제는 IMF라는 최악의 상황을 맞고 침몰하게 된다.

　전두환 정권에서부터 국민들 고혈을 빨아먹으며 자신들 배를 채운 놈들이 국민들 고혈도 모자라 외국에 나라를 담보로 빚까지 내어 자신들 주머니를 채운 것은 물론 놈들에게 상납하며 공생하던 소위 말하는 이 나라 1프로 지도층이라고 떠드는 공무원 집단의 앞잡이들이 있었기에 찾아온 나라의 위기였다.

또 다시 국민들은 어려울 때만 주인 노릇을 요구하는 놈들 수작에 놀아나며 장롱 속에 하나둘 장만해두었던 소중한 금반지, 금목걸이, 귀걸이 등 패물을 꺼내 그 난국을 헤쳐나갔다. 그동안 놈들이 처먹은 국민들 고혈의 1프로만 뱉어 내도 해결할 수 있었던 일이었다. 이 나라의 1프로 고위층이다, 지도층이다 하는 놈들과 공무원 집단은 마치 어린아이 가지고 놀 듯 국민들을 추켜세우며 국민들 주머니를 털어 자신들이 망친 나라를 살려주기를 바랐고 국민들은 마치 자신들이 죄인인 양 앞을 다투어 나라를 살리려고 노력했다.

그런 와중에 나에게 그동안 해온 법과 규제에 대한 공부를 시험하기라도 하듯 놈들이 만든 규제와 법에 한판 도전을 할 사건이 터졌다.

막내 동생이 교통사고로 세상을 떠났다.

김포시 ○○리에 살고 있던 동생은 서울에서 퇴근하던 길에 집을 불과 500여 미터 남기고 사고를 당했다. 도로공사를 하던 사람들이 중앙선을 변경하는 과정에서 제대로 중앙선을 분리하지 않아 상대 차량이 자신의 차선으로 알고 주행하며 잠시 음악 테이프를 교체하는 과정에서 일어난 참사였다. 상대 차량 운전자도 과실이 있고 도로공사를 하는 사람들도 과실이 있었다.

하지만 이해할 수 없는 것은 바로 자동차 정비소에서 운영하는 응급환자 이송차량이었다. 갈비뼈가 부러져 폐를 다칠 위험이 있는 환자를 차량 바닥에 뒹굴게 한 것이다. 더구나 5분이면 도착할 김포에서 가장 큰 G병원을 놔두고 통진에 있는 외과부터 들린 후 강변도로에 있는 다른 교통사고 환자를 싣기 위해 그곳에 출동했다가 한 발 늦어 환자를 다른 업체에 뺏기자 다시 김포에 있는 다른 조그만 의원에 들린 다음 G병원에 도착한 것은 사고 후 56분이 지난 후였다. 차량 바닥에서 이리저리 뒹굴며 고통을 호소하던 동생은 갈비뼈가 폐를 찌르고 다른 장기를 손상시킴은 물론 입에 고인 피가 호흡을 방해하여 이미 살릴 수 없었다고 담당 의사는 말했다.

후일 그 응급환자 이송 차량 운전자는 환자를 이송해주면 받는 돈이 차이가 나서 많이 주는 곳을 먼저 들리다보니 그렇게 됐다고 눈물로 잘못을 내게 빌었다.

동생에게는 초등학교 3학년이 된 딸이 하나 있었고, 처는 오래 전 이혼하여 다른 남자와 결혼해서 살고 있었다. 그 처는 단한 번도 자신의 딸을 찾아오지 않았고 새로운 남편과 사이에서 아들을 낳아 살고 있었다. 여기서도 바로 공무원 집단이 만든 그 법이란 것이 얼마나 엉터리 허점투성이인지가 나타났다.


　영안실. 자식을 잃은 어머니의 눈물과 동생을 잃은 형, 누나의 눈물이 가득했던 그날. D화재 담당 직원이 찾아왔다.

　"D화재에서 나온 직원입니다. 사망하신 분의 차량 책임보험금을 지급해드려야 하는데, 우선 유가족 분들의 대표를 한 분 선임해 주세요."

　"얼마나 나오는데요?"

　내 위의 형이 반색하며 물었다.

　"3천만 원입니다."

　"내가 대표를 할게요."

　내 바로 위의 형이 자신이 대표를 하겠다고 나섰다.

　"그럼 유가족 분들의 대표 위임장에 인감이 찍혀야 하고 인감증명서를 한 부씩 첨부해서 제출해 주세요."

　D화재 직원이 물러가고 내 바로 위의 형이 보험금을 장례비용으로 쓰려면 서두르라고 우리를 재촉해서 인감도장을 찍어 위임장을 만들어주고 인감증명서를 제출했다. 하지만 법을 검토하던 나는 유가족들이 그 돈을 탈 수 없다는 것을 알았다. 열 번, 아니 백 번을 재혼해도 동생의 상속인은 어린 딸이고 그 딸의

친모는 바로 재혼한 그 여자기 때문이었다. 그 여자만이 상속인인 어린 딸의 법적 보호자가 될 수 있는 것이다. 그 여자만이 동생의 보험금은 물론 모든 보상금도 수령할 권리가 있는 것이다. 우리에게는 권리가 없었다. 이것이 할 일 없이 세금만 축내는 정치인들과 공무원 집단이 만든 규칙과 법의 허점 중 하나였다.

나는 유가족 대표를 자청한 형에게 그 사실을 설명하고 D화재에 제출한 인감을 찾아오라고 말했다. 이미 D화재 직원에게 들었는지 형도 그 사실을 알고 있는 눈치였다. 하지만 찾아오겠다던 인감증명서를 찾아오지 않아서 직접 D화재 직원에게 전화해서 인감증명서를 돌려달라고 요구했다.

"한 번 제출한 서류인데 돌려드릴 수는 없고요, 회사에서 폐기처리 하겠습니다."

D화재 직원 말을 믿은 나는 그 일을 까맣게 잊어버렸다.

동생의 장례가 끝나고 6개월이 흐른 어느 날. 법원에서 한 통의 서류가 날아왔다. 우리 집을 압류했다는 통보였다. 즉시 법원에 전화했다. 이 서류가 무엇인지 알기 위해서였다. 하지만 법원 직원은 불친절을 넘어 거만을 떨며 직접 와서 돈을 내고 보라고 하는 것이었다. 나도 모르게 내 재산을 압류해 놓고는 그 이유를 알고 싶으면 직접 법원으로 와서 수수료를 내고 확인하라고 했다. 압류 통보는 어떤 이유로 압류했다는 내용도 없이 보내놓고 또 국민에게 돈을 요구하는 것이다. 그 자리에 앉혀놓고 월급을 주는 주인에게 종업원으로서 해야 할 도리는 잊은 채 마치 자신이 주인이고 국민은 자신들의 노예로 아는 행동이 아닐 수 없었다.

압류하기 전에 사실 확인부터 하는 것이 도리겠지만 공생하는 1프로 지도층 업체 D화재의 뜻이니 공무원 집단이 노예처럼 여기는 국민의 의견은 들을 필요도 없이 압류를 결정한 것이다. 거기다 보내는 통지문에 자세한 내용이라도 보내야지, 내용도 모르게 보내놓고 그것을 알고 싶으면 네 발로 걸어와서 그냥 보여주기는 싫으니 돈을 내라, 하는 것은 법을 존중해야 할 법원의 판사나 검사, 그 직원들이 해야 할 행동은 아니었다. 조폭들도 하지 않는 행동이고 그런 파렴치한 자들은 그 자리에 앉아 있을 자격조차 없는 것이었다.

나는 뭔가 알아야 조치를 취할 수 있을 것 같아서 인천법원으로 달려갔다. 놈들이 거만을 떨며 내라는 돈 내고 쓰라는 서류를 작성하고 난 후에 겨우 알게 된 황당한 사실.

D화재 직원이 유가족 대표로 위임 받은 나의 형에게 고액 일시불 보험을 들어주는 조건으로 불법으로 책임보험을 3천만 원 지급했고 형은 그 돈을 유가족에겐 비밀로 하고 혼자 꿀꺽 했던 것이다. 또한 형은 유가족 대표라는 점을 악용하여 동생을 죽인

상대 차량 운전자에게 돈을 받고 합의까지 해 주고 우리 몰래 이사하도록 종용했던 것이었다.

나중에 동생의 이혼한 처가 찾아와 D화재에 보험금을 청구하니 D화재에서는 꼼짝없이 이중으로 보험금을 지급해야 했고 형의 재산을 추적하다가 재산이 없자 나의 집을 압류한 것이었다.

D화재 자신들이 불법으로 저지른 범죄행위를 감추려고 거짓으로 이미 소각시켰다던 서류를 이용해서 자신들의 불법을 정당화시키려는 또 다른 범죄를 계획하고 그 범죄에 판사까지 가세하여 남의 재산을 노린 최악의 범죄사건이 터진 것이다.

자신들이 저지른 불법행위로 자사에 손해가 되자 그 손해를 선량한 사람의 재산을 빼앗아 보충하려는 생각에서 판사를 속인 것인지 아니면 판사가 같이 범죄를 저지른 것인지는 모르지만 어떤 문의도, 사전 통보도 없이 재산압류 결정을 내린 판사가 정당하게 법을 집행했다고는 보지 않는다.

나 역시 그들의 악랄한 수법에 맞서기 위해 법원 근처를 돌며 변호사를 물색했지만 모두 거절당했다. 이미 같은 수법을 경험하였거나 보험회사의 악랄한 수법을 알고 있었던 모양이었다. 또한 변호사들 모두 하나같이 입을 맞춘 것처럼 말했다.

"개인이 보험회사를 어떻게 이겨요? 그냥 물어주고 말아요."

톤도 틀리지 않고 모두 같은 말을 하는 변호사들. 그들 역시 먹을 것이 없는 변론은 맡지 않는다. 그들은 알고 있다. 누구보다도 법을 잘 알기에 법이란 국민을 위한 것이 아니라 지배자들이 국민을 지배하기 위한 수단이라는 것을 다 안다.

법을 잘 아는 자들은 그 어떤 범죄를 저질러도 그 법망을 빠져나간다. 당장 현실을 봐도 정치하는 자들이 구속되는 것을 보기 힘들다는 것이 그 사실을 적나라하게 보여준다. 또한 공무원 집단들은 서로 봐주기하며 자신들의 범죄는 덮으려 한다. 그리고 유유히 그 법망을 빠져나간다.

그래서 변호사들이 그 재판을 맡기 싫어하는 것이다. 당연히 이길 수 없기 때문이다. 대기업 보험회사라면 정치인들과 줄줄이 엮여 있을 것이니 개인이 이길 수 없다. 또한 판·검사 출신 변호사가 다섯이나 포진을 한 D화재 변호인단을 일개 변호사가 이기기는 너무도 힘들었다.


아무도 맡으려 하지 않는 나의 재판.

결국 나 혼자 당사자 변론으로 싸우기로 했다.

변호사를 선임할 수 없을 때 당사가가 변호사 역할까지 할 수 있는 것이 당사자 변론이다.

나는 D화재를 이기기 위해 치밀한 작전을 짰다.

가장 중요한 것은 당시 영안실에 나타났던 D화재 담당 직원을 내 손으로 아닌 그들 손으로 법정에 증인으로 출석시키도록 하는 것이다.

왜 그들 손으로 그 담당 직원을 출석시켜야 되나?

내가 직접 그 담당 직원을 증인으로 출석 요구를 할 수 있다. 그 경우 그들은 철저히 입을 맞추고 나를 경계하며 그 증인 자리에 설 것이었다. 그렇게 되면 아무리 당사자 변론과 증인 심문을 할 수 있다고 하지만 그들도 치밀하게 작전을 짜고 나올 것이기에 전혀 승산이 없었다. 그들이 나를 우습게보고 한 방에 보내려는 오만방자한 마음으로 그 자리에 스스로 증인을 세워야 이길 수 있었다.

그러기 위해서 최소한 2년은 이 재판을 끌어야 한다는 판단 하에 최소 열 개 이상 반박 증거가 필요했다.

왜 열 개 이상 증거가 필요한가?

한 가지 증거를 제출하면 상대 변호사는 그 증거에 대한 변론을 준비하고 다음 달에 내가 제출한 증거에 대한 변론을 한다. 그러면 나는 결심을 하기 전에 그 다음 달에 다시 또 다른 증거를 제출해야 한다. 그럼 다시 한 달이 지나 상대 변호사가 변론을 한다. 이렇게 새로운 증거를 제출하면 두 달이 지나간다.

D화재 측도 섣불리 담당 직원을 증인으로 내세우지 않을 것이다. 판사가 재판이 길어지면 요청하거나 그들 스스로 지루한

재판을 끝내려고 내세우길 기다려야 한다. 그렇기 때문에 각기 다른 증거가 열 가지는 돼야 그 증인을 재판장에 세울 수 있게 된다.

함께 동네에서 고스톱을 치던 아주머니 한 분을 집중 공략해서 한 가지 증거를 확보했다.

"그때 영안실에서 D화재 직원이 책임보험을 지급하려면 유가족 대표가 필요하다고 하면서 유가족들 인감증명서를 제출하고 대표를 선임해달라는 이야기를 들었지요?"

고스톱을 같이 치다가 그 아주머니에게 물었다. 물론 그 아주머니는 D화재 직원을 만난 사실도 없다. 동생이 사망하고 바로 달려온 직원이기에 우리 형제들 외엔 아무도 없었다.

"아니, 난 못 봤는데."

그 아주머니는 당연히 그렇게 대답했다.

그 다음날 술도 한 잔 마시고 고스톱을 치다가 또 말했다.

"에이, 그날 D화재 직원이 하는 말 들었잖아요."

"내가?"

"네! 그때 같이 있었는데?"

"그런가……?"

그리고 며칠이 지나 다시 그 아주머니와 고스톱을 치는 자리에서 물었다.

"그 직원이 유가족 대표를 선임해야 한다고 인감증명서를 모두 제출하라고 했는데, 들었죠?"

"글쎄……. 들은 것 같기도 하고."

"들었어요. 같이 있었거든요."

"그런가? 그래, 그런 것 같기도 해."

"내일 맛있는 거 사드릴 테니까 변호사 사무실에 좀 같이 가요."

"거긴 왜?"

"법정에 출두해서 증인석에 앉으면 안 되니 변호사에게 공증을 받아야죠."

"알았어, 해 줄게."

그렇게 해서 한 개의 증거는 마련했다. 물론 이렇게 만든 모든 증거는 오로지 재판을 연기하려는 방법이지 절대 재판을 이길 수 있는 증거는 되지 못했다.

재판에서 이기려면 D화재와 그 직원 그리고 형이 짜고 저지른 불법 지출된 보험금에 대해나는 전혀 몰랐고 그 돈을 단 한 푼도 쓰지 않았다는 증거가 필요했다. 그래서 바로 담당 직원이 증인으로 출석하면 심문 과정에서 그 증거를 찾아내야 하는 것이다.

아주머니들을 집중 공략해서 얻은 증거들은 모두 아홉 장이었다. 모두 변호사 공증을 맡아 놓았다. 물론 모든 아주머니들이 직접 보고 들은 것은 하나도 없었다. 수없이 반복 질문을 해서 정말 보고 들은 것처럼 느끼게 해서 받은 증거들이었고 엄연히 불법 증거들이었다. 그러므로 재판을 뒤집을 증거는 아니다.

D화재 측이 불법증거로 내 재산을 뺏으려 하는데 무작정 정공법으로 나갈 수는 없었다. 그럼 이 재판에서 패할 것이 분명했다.

판사라는 자가 D화재가 내민 인감증명이 유가족 대표 위임에 사용된 것을 모를 리 없지만 그도 불법으로 D화재 손을 들어준 재판이기에 나의 불법 증거물은 정당하진 못해도 최선의 방어라는 생각이었다.


1. 영안실에서 유가족 대표를 선출하고 D화재 직원이 유가족 모두 인감증명서를 제출하라고 하는 것을 봤다.

2. D화재 직원에게 친모가 미성년자 법정대리인이 되므로 형제, 부모는 보험금을 수령할 수 없는 법을 설명하고 제출된 인감증명서를 반환 요청하는 것을 들었다.

3. 유가족 대표를 맡은 형에게 인감증명서를 찾아오라고 독촉하는 것을 들었다.

4. 담당 직원이 보험금을 지불할 수 없다고 통보한 사실을 알고 있었다고 들었다.

5. 담당 직원이 이미 제출된 유가족 인감증명서와 위임장 등을 소각처리 했다고 통보했다는 것을 들었다.

6. 담당 직원이 유가족 대표에게 불법으로 보험금을 내주며 모종의 거래를 했다고 들었다.

7. 담당 직원이 유가족 대표에게 불법으로 보험금을 타게 해주는 조건으로 거액의 일시불 보험을 가입하도록 했다는 것을 들었다.

8. 담당 직원, 유가족 대표, 가해자 등 3인이 거래를 했다. 즉 유가족 대표가 가해자에게 600만 원을 받아 합의했고 그중 D보험회사 직원에게 300만 원을 주는 것을 봤다.

9. 담당 직원이 유가족 대표에게 300만 원을 받고 일시불 화재보험 260만 원에 가입해주는 조건으로 불법으로 보험금을 지급했다는 것을 들었다.


이렇게 아홉 개의 증거를 확보했으나 이것으론 악랄한 보험회사를 이길 수는 없었다. 그들 역시 법을 잘 알기에 요리조리 잘 빠져 나갈 것을 알기 때문이었다. 나는 재판을 하며 두 달마다 순서대로 증거를 하나씩 제출했다.

불법으로 보험금을 지급을 했든 어쨌든 상관없이 그 돈을 내가 단 1원이라도 썼느냐. 이 재판에서 이기려면 그걸 밝혀내야 했다.

재판장에서 만난 수많은 변호사들은 나를 신기한 듯 바라보았다. 어느 변호사는 나에게 주먹을 쥐어 보이며 '파이팅!'을 외치기도 했다.

재판을 나의 뜻대로 17개월째에 접어들었다. 나는 늘 같은 내용의 변론만 했다. D화재 측이 이미 인감증명서와 위임장 등을 폐기처리하기로 약속했고 위임장 자체가 무효가 된 상황에서 유가족들도 모르게 불법으로 보험금을 지급했는데 엉뚱한 나에게 돈을 달라고 하는 것은 터무니없다는 것이다.

그날 재판은 내가 보유한 마지막 증거를 제출하는 날이었다. D화재 측은 내가 그렇게 기다리던 담당 직원을 증인석에 세웠다. D화재 변호사들은 너무도 거만하게 나를 비웃으며 마치 오늘로서 넌 끝났다는 표정이었다. 나는 당사자 자격으로 증인을 심문했다.

"불법인 줄 알고 지급했지요?"

난 누가 봐도 어설프게 지금까지 드러난 사실을 되풀이해서 심문하고 있었다. 상대 변호사 입가에 비웃음이 감돌고 다른 지켜보는 타 재판 변호사들도 답답한 표정으로 나를 보았다.

"보험금을 지급하기 전과 후에 유가족들을 만난 사실이 있지요?"

느닷없는 나의 질문에 담당 직원은 망설이지 않고 "아니요."라고 대답했다.

"그럼 연락은 했나요?"

"아니요."

"보험금을 지급한다는 사실을 유가족들에게 알리지도 않고 지급한 후에도 유가족에게는 알리지 않았군요?"

나의 세 번째 질문이 이어지자 잠시 망설이던 담당 직원은 "네."라고 대답했다. 그러자 보험회사 담당 변호사 얼굴이 흙빛으로 변했다.

"잠시만, 잠시만요."

순간 판사가 나의 다음 질문을 막았다.

"그 대목 다시 한 번 말해 보세요. 그러니까 보험금을 지급하기 전에도, 지급한 후에도 유가족들을 만나거나 연락한 사실이 없다 이겁니까?"

판사의 질문에 담당 직원은 모기소리만 한 목소리로 "네."라고 대답했다.

"그럼 유가족들은 전혀 몰랐겠네요?"

"네, 아마도……"

담당 직원의 대답과 동시에 17개월의 기나긴 싸움으로 인한 긴장이 한 번에 풀린 나는 의자에 털썩 앉았다. 그리고 다시 정신을 가다듬고 마지막 증거를 제출했다.

한 달, 두 달. D화재 측이 재판을 연기했다.

재판과정에서 만난 변호사들이 내게 악수를 청하며 하나같이 말했다.

"개인이, 그것도 당사자 변론을 통해 대기업 보험회사를 상대로 재판에서 이긴 사람은 당신이 처음일 겁니다. 축하합니다."

딱 20개월 만에 재판은 나의 승리로 끝났다.


대기업의 횡포 그리고 그 장단에 춤을 춘 공무원들 덕에 지루한 법정 싸움으로 많은 스트레스를 받았다. 그때부터 머리에 탈모까지 생겼다.

그러나 그것을 보상받을 수도 없게 되었다. 어찌 되었던 나의 형제가 잘못한 사건인데다 법적으로 변호사를 선임한 금액이 있어야 보험회사에 청구를 할 수 있는데 당사자 변론은 해당 사항이 없었다.

도깨비 방망이. 판사의 판결은 도깨비 방망이가 돼서는 안 된다. 그 자리에 앉아 공명정대한 판결을 하라고 국민들이 피와 땀으로 월급을 주는 것이다.

어떤 조작된 서류인 줄도 모르고 대기업이 제출했다는 이유 하나만으로 남의 소중한 재산 압류 결정을 하는 판사는 그 자리에 앉을 자격이 없다. 또한 잘못된 도깨비 방망이인 줄 알면서도 그 이유를 알 권리가 있는 자기들의 주인인 국민에게 오히려 돈을 내고 보라며 권력을 행사하는 법원 역시 더 이상 존재할 가치가 없다. 국민을 위한 법원과 판사여야지, 대기업과 공무원, 정치인을 위한 법원과 판사는 민주주의 국가에서는 필요 없기 때문이다.

정치인이나 대기업의 하수인인 판사의 도깨비 방망이 덕에 2년이란 세월을 허비하며 재산권 자체를 박탈당하고 피해를 보는 과정에서 하나의 사고가 생겼다. 평소 같으면 안전운전을 해서 막을 수 있었을지 모르는 접촉 사고였다.

김포 사우리에서 부평 방향으로 조그만 고개가 있는데 그 고갯마루에 주유소가 하나 있었다. 당시 난 1차선으로 달리고 있었고 마침 건너편 떡집 대학생 딸이 주유소에서 기름을 넣고 나오고 있었다. 그 여학생은 2차선으로 진입하면서 바로 1차선으로 들어서더니 중앙선을 넘어 자기 집으로 바로 가려다가 반대편에 덤프트럭을 피해 급정거했다. 그 와중에 그 차의 뒤 범퍼와 내 차의 앞 범퍼가 살짝 접촉했고 여학생은 중앙선을 넘어 길 건너 자기네 집 앞에 차를 세웠다. 불과 50여 미터 더 가면 좌회전 신호가 있었는데 무리하게 중앙선을 넘어 가려다가 생긴 사고였다. 어찌 되었든 접촉사고가 났으므로 사고 위치에 차를 세우고 경찰에 신고했다.

사우 파출소에서 나온 젊은 경찰은 나에게 차를 빼서 사우 파출소로 오라고 하며 그 여학생만 데리고 갔다. 사우 파출소를 물어물어 찾아 갔더니 10여 분 걸렸을까, 이미 그 여학생을 데리고 조서를 다 꾸며 놨다며 바로 김포 경찰서로 가라고 했다.

김포 경찰서.

나이 40대 초반 경찰은 거만하게 의자에 몸을 반쯤 눕히고 앉아 반말로―존댓말은 배우지도 않는 무식한 자를 어떻게 경찰로 임용했는지―일관했다.

"차를 뒤에서 받았으니 당신 잘못이네. 얼른 보험처리하고 딱지 하나 끊고."

"무슨 소립니까? 그 차가 갑자기 들어와 중앙선을 넘다가 덤프트럭이 마주 오니까 급정거를 한 건데 그 차 잘못이지, 왜 내 잘못입니까?"

"이거 안 되겠네. 좋게 해결해 주려니까."

경찰은 나의 항의에 신경질을 확 내며 떡집 여학생에게

"얼른 병원에 가서 입원하고 진단서도 떼어오고, 응?"

하고 마치 자기 딸을 대하듯 다정스럽게 말했다.

그 길로 그 여학생은 병원에 바로 가서 드러눕고 말았다.

어이가 없어서 나는 즉시 도경 홈페이지에 글을 올렸다. 경찰이 반말하는 것부터 여학생 앞에서 아양을 떨며 모든 것을 여학생에게 유리하도록 조작된 조서까지 다시 재조사를 요구했다.

공무원 집단이 가장 잘 써먹는 수법이 있다. 문제가 생기면 그 당사자 보호를 위해 담당자를 슬그머니 바꾸는 것이다. 결국 사건을 담당했던 40대 경찰은 어디론가 사라지고 그때부터 50대 경찰이 내게 아침저녁으로 담당자라고 하며 전화를 걸어왔다.

"일어나셨습니까? 날씨 좋죠? 오늘 차 한 잔 어때요?"

"시간 없는데요. 도경에서 나오면 그때 협조하도록 하죠."

나는 단호하게 잘랐다. 그러자 그 담당자는 매일 새벽 그리고 밤중에 하루 두 번씩 같은 전화를 반복했다.

"아, 이런! 잠을 깨웠나요? 아, 미안, 미안! 오늘 시간 어때요? 차 한 잔 하시죠?"

"오늘도 바쁘셨나요? 아직 주무시는 것은 아니죠?"

이렇게 무려 10여 일을 반복했고. 도경에선 나오지도 않았다.

당연했다. 같은 집단인데 자기들이 저지른 만행을 자기 손으로 들춰내겠는가. 담당자만 바꾸고 사채업자도 안 할 그런 전화를 새벽에, 밤중에, 매일 두 번씩 반복하는 경찰. 그리고 그 경찰과 같은 통속이 되어 나를 설득하려고 매일 전화하는 보험사 직원.

"어차피 선생님 돈 나가는 것도 아니고 보험회사에서 다 지급될 건데 그냥 좋게 해결합시다. 경찰들 건드려 봐야 좋은 것 있겠어요?"

"경찰에선 딱지도 안 끊고 그냥 넘어 가겠다고 합니다. 그렇게 하시죠."

매일 걸려오는 두 사람의 전화에 그러지 않아도 재판 때문에 골치 아팠던 나는 이 일까지 겹치니 견디기 싫어 결국 항복하고 말았다. 무엇보다도 재판에 심신을 집중해야 하기 때문이다.

그러나 곧 후회했다.

나처럼 그들의 만행을 다 알면서도 좋게 넘어가는 국민이 있기에 공무원 집단은 안하무인격으로 국민 위에 군림하려고 하는 것이다.

얼마나 대한민국 국민이 우습게 보였으면 자기들 월급을 주는 주인이란 사실은 잊은 채 오히려 국민들에게 반말이나 하고 예쁜 아가씨에게 아양을 떨려고 진실까지 감추며 법을 악용하고 있을까.

나는 운전을 하며 처음으로 차선위반을 한 적이 있다. 노량진에서 88대로를 타고 김포로 향하다가 성산대교로 진입하려는 차량들이 길게 3~4차선을 막고 있어 얼른 2차선으로 들어서서 바삐 가려던 것이 단속 경찰에 걸린 것이다.

창문을 열고 얼른 면허증을 건넸다. 당연히 위반을 했으니 범칙금, 일명 딱지를 끊어야 하기 때문이다.

"이런 아침부터 뭐가 그리 바빠? 아침도 먹어야 하는데."

경찰이 반말로 한마디 하며 면허증은 받지 않고 손을 내민다. 돈을 달라는 것이었다.

"그냥 끊으시오. 바쁘니까."

내가 짜증스럽게 면허증을 경찰 손에 쥐어줬다.

"허? 바겐세일을 거절하네."

경찰은 투덜거리며 만 원짜리 범칙금 통지서를 끊어 주며 면허증을 내 무릎에 던지곤 사라졌다.

물론 5천 원을 주면 경찰은 친절하게 범칙금 통지서도 발부하지 않고 인사까지 하며 내 차를 보내 줄 것이다. 그러나 그런 운전가가 경찰들의 비리를 부채질한 것이다. 나까지 그럴 수는 없었다. 왜? 난 국민이니까. 그들의 주인이니까.


나는 교통법규를 잘 지키는 편이다. 술도 먹지 않고, 때로 급히 서두르다가 과속은 할지 몰라도 신호나 지시는 철저히 지킨다.

야간에 김포 도사리에서 횟집을 하던 나는 저녁 무렵 이웃 동네에 배달을 갔다가 오는 길에 직진 차량들이 신호대기를 하는 동안 골목에서 나와 우회전을 하다가 횡단보도 신호에 잠시 멈

춘 다음 신호가 바뀌는 것을 보고 통과하는 중이었다.

그런데 멀리 150여 미터 언덕 너머에서 장난을 치던 경찰들이 내 차를 발견하고 세웠다.

"신호위반을 하면 쓰나?"

경찰대학에서나 경찰학교, 아니면 경찰 내부에서 국민들에게 반말을 하라고 가르치는 모양인지 나이도 어린 경찰이 반말을 하며 하얗게 웃었다.

"신호위반이라니요? 마을에 배달 갔다가 우회전하던 차량인데."

내가 어이없다는 투로 대꾸했다.

"뭐? 우회전? 우회전하던 차가 왜 횡단보도에서 멈췄어?"

녀석들이 내가 횡단보도에서 멈췄던 사실은 본 모양이다.

"당연히 횡단보도에 파란불이 켜졌는데 지나가는 사람을 보호해야죠. 지나가는 사람이 없다고 막 통과하면 되나요?"

"허! 우회전이 아니고 신호위반 하던 직진 차량이잖아?"

"아닌데요. 옆 동네에 배달 갔다가 골목에서 나온 길이라니까요. 같이 가보실래요?"

난 증거를 보여주겠다고 경찰에게 동행을 요구했다.

"이 사람이! 우리가 거길 왜 가? 신호위반해 놓고 어디서 거짓말이야?"

"증거를 보여준다는데, 왜들 그래요?"

"됐고, 면허증이나 줘. 신호위반한 놈들은 꼭 변명이 많다니깐."

경찰들은 내가 증거를 보여준다는 데 무시했다. 다른 짓을 하느라 제대로 확인도 하지 않고 나를 범법자로 몰고 있는 것이다. 대한민국 법은 증거법이다. 당연히 법은 알고 경찰직을 해야 하지 않을까? 증거를 보여주겠다는데 무시하고 자기들 주장만 내세우는 무식한 경찰들에게 소중한 시간을 30여 분 낭비하며 입씨름을 해야만 했다.

법을 집행하는 과정에서 경찰 자신들이 먼저 법을 지키지 않는다면 그건 조직폭력배와 조금도 다를 것이 없다. 툭하면 터져 나오는 경찰들의 비리. 도박장을 돌봐주며 뒷돈이나 챙기고 조폭들 뒤나 봐주며 실질적인 조폭들의 우두머리 역할을 하는 경찰. 성매매 업소, 유흥업소 등 도시의 밤 그 어둠 속엔 늘 비리 경찰들이 있었다. 경찰 그 자체가 거대한 조직폭력배인 것이다.

물론 그중 정말 성실하게 맡은 바 임무에 충실한, 대한민국이 원하는 경찰도 있을 것이다.


2005년 봄.

나는 제주도로 이사를 결심하고 제주도에 조그만 땅을 마련했다. 그리고 텐트를 쳐 거주할 집을 짓기 시작했다.

제주도, 그 이름만큼 나의 기대도 부풀었다. 내가 정착할 동네를 살펴보고 그 환경을 인터넷에 홍보하기 시작했다. 동네 홈페이지 구축과 해수욕장 알리기 등이 그것이었다. 이는 내가 정착할 동네에 대한 보답으로 생각했다.

그러나 제주도 그 청정 관광지, 여기서도 권력이란 것이 인간을 쓰레기로 만들고 있었다.

내가 내 집을 내 손으로 한 번 지어보려고 매일 혼자 30평짜리 단층 주택을 짓는 모습이 그들 눈에는 불쌍하고 한심해 보였던 것일까? 아니면 하찮게 보였던 것일까?

동네 이장. 그도 국민이 내는 세금으로 월급을 일부 받는 준공무원이다. 공무원, 그 이름만 붙어도 권력을 가졌다고 생각하는 걸까.

내가 집을 짓는 위쪽에 다른 사람이 역시 혼자 내려와 집을 지으려고 굴삭기로 터 고르기를 시킨 후 잠깐 자리를 비운 사이 굴삭기 기사가 잘못해서 농업용수 배관을 터뜨렸던 모양이다. 물이 폭포수처럼 분출하는 것을 보고 일을 멈추고 윗길로 향했다.

장비 기사는 급히 물을 막을 부속을 구하러 간 모양인지 현장에는 아무도 없었다. 잠시 현장을 살펴보다가 내려오는데 갑자기 뒤에서 고함소리가 터졌다.

"뭐야, 당신? 누가 여기서 공사를 하랬어? 누구 허락을 받고 여기서 공사하는 거야?"

돌아보니 나이가 나보다 한참 어린 사람이었다.

"아, 난 저 아래 집을 짓는 사람인데 배관이 터진 것 같아 잠시 살펴보러 왔습니다. 누구십니까?"

반말하는 꼴이 우스워 정중하게 물었다.

"나? 동네 이장인데, 누구 허락을 받았어?"

"무슨 허락을 받습니까? 읍에서 건축 허가를 받고 건축 중인데?"

"내가 동네 이장인데 내 허락도 없이 누가 공사를 하랬어?"

"이보시오! 난 저 아래 집을 짓는 사람이고 집을 짓는 데 읍에서 허가를 받으면 됐지, 이장한테 허락을 받아야 하는지 그건 몰랐소이다."

"집 짓는 것 말이야, 이거."

이장은 발로 배관이 터져서 물이 솟구치는 곳을 가리키며 날 쏘아봤다.

"이봐요! 난 이곳과 상관없이 저 아래서 집 짓다가 물이 솟구치기에 올라와 본 것이오. 그리고 나이도 어린 것 같은데 존댓말은 안 배우셨소?"

"어떤 개새끼가 이 지랄 해놓고 도망간 거야!"

이장은 내가 이 현장과 관계없다고 하자 자신의 반말을 사과는 하지 않고 되레 욕을 하며 시선을 돌렸다. 그 한심한 모습에 그냥 발길을 돌렸다.

이장도 권력이라고 그러는 모습에 이 나라 공무원들만 탓할 것도 못됐다. 법을 지키지 않고 걸리면 돈으로 해결하려고 공무원들에게 상납하는 주인이기를 스스로 거부한 국민들이 그런 부조리를 만든 것이다. 이장부터가 국민을 알기를 우습게 알아 존댓말은 잊은 것이다.

그 이장은 2년이 지난 후 동네 이장 선거를 할 때 처음으로 부탁 합니다. 하는 존댓말을 하며 인사를 했다. 물론 그것으로 끝이었다. 당선되고부터 다시 존댓말은 그 입에서 사라졌다.


제주도.

제주도는 휴양지이지만 각 지역에서 비리를 저지르다가 문제가 생기는 공무원들에게는 잠시 휴양삼아 피신하는 도시이기도 하다.

"너 잠잠해질 때까지 제주도에 내려가 한 두어 달 있다가 와!"

전국 각지에서 그렇게 잠시 피신처로 몰려온 공무원들. 그들은 제주도에 와서도 그 버릇을 고치지 못하고 기회로 삼아 사기를 치려고 한다.

내게도 그런 공무원이 하나 걸려들었다.

H읍 건축과장 K씨. 내가 임시로 거주하던 집을 팔고 다시 주거지로 삼을 천여 평 토지를 구입한 그 순간에 그는 내게 접근

했다.

"평당 10만 원에 샀으니 이쪽 경치 좋은 곳으로 300평만 내게 잘라주시오."

"왜 그래야 합니까?"

나는 어이가 없어서 물었다.

"소나무도 많은데 이 땅 뭐에 쓰려고요? 건축 허가도 안 나는데?"

그는 묘한 미소를 지으며 말했다.

"가운데 100여 평엔 소나무가 없으니 그곳이면 30평 주택 하나는 지을 공간이 되니 그 정도면 됩니다."

나는 그렇게 말했다.

"그곳도 허가를 내기 어렵고. 그냥 내가 통째로 다 건축허가를 내주면 대지로 바뀌어 땅값도 오를 것이니 원가에 300평만 잘라 주시오."

"에이, 원가면 평당 10만에요?"

"그럼요. 더 받으시려고요?"

"도로 내느라 돈 들어가고 담장에, 잡초 제거에, 평당 3만 원씩은 더 들어갔는데요."

"아니, 그럼 나한테 그 돈을 더 받겠단 거요? 건축허가를 내준다니까?"

"아니요. 난 땅을 잘라 팔 생각이 없어요."

나는 한마디로 거절했다.

그러자 이웃 주민과 아는 사람들을 통해 반 협박을 하며 끈질기게 300평 땅을 팔라고 했다. 이 땅을 살 때 아내와 공동 명의로 샀다. 그래서 내 인감이나 나 혼자만의 계약서는 아무런 의미가 없다. 도대체 무슨 꿍꿍일까. 무척 궁금했다. 그래서 난 못이기는 척 그와 300평 땅을 매매계약서를 썼다.

계약금은 이틀 후에 입금하겠다고 했다.

그러나 계약금은 입금되지 않았다. 스스로 포기한 것이라 생각하고 잊어버리기로 했는데 며칠이 지나 지적공사에서 전화가 왔다.

"땅 분할신청을 하셨는데 심○○씨와 두 분 명의로 돼서 심○○씨 인감도장이 같이 찍혀야 분할이 되겠네요."

어이가 없었다. H읍 건축과장이 곧바로 지적공사에 분할신청을 했던 것이다. 계약금은 물론 토지 대금도 치르지 않고 서로 아는 공무원들끼리 토지 분할을 하려고 했던 것이다. 한마디로 사기를 친 것이다.

그러나 아내와 공동 명의로 돼있는 걸 몰랐던 그의 사기 행각은 결국 물거품이 됐다.

"아니, 계약금을 입금하고 잔금을 치르고 분할 신청을 해야 하는 것 아닙니까?"

어이가 없어서 한마디 했다. 그런데 그의 말은 더욱 황당했다.

"그럼 정말로 그 땅값을 받을 생각이었소?"

정말로 기막힌 일이다.

그는 당연히 그 땅을 내가 뇌물로 바친 것으로 알았다는 것이다. 700평 건축허가를 내주는 조건으로 300평 땅을 요구했던 것이다. 나는 어리석게도 그들의 그 깊은 뜻을 알지 못했다.

나와의 그 문제가 있고 슬그머니 그는 다시 경기도로 돌아갔다. 제주도엔 그저 잠시 피신처로 머물렀던 것이다.

그들 공무원과의 악연은 여기까지만 소개를 하고 이제 그들과의 본격적인 싸움을 그려 나가기로 하겠다.


제주도에 내려와 소설만 쓰고 있기엔 너무 시간이 많아 산으로, 오름으로 약초를 캐러 다녔는데 살인 진드기 때문에 숲속에 다니기도 어려워 생각해낸 것이 있었다.

또한 나와 같이 육지에서 내려와 제주도에 정착하기 위해서 일거리를 찾는 사람들이 있어서 그들에게 일거리를 제공해 주고 나도 같이 어울려 일할 수 있는 사업을 고민하다 제주도에 가장 유망 종목이라 여긴 돌담공사를 시작했던 것이다.

'아름다운돌담'이라는 회사명으로 4대 보험도 들고 일한 사람들 인건비를 제대로 받아주기 위해 모든 돈은 회사 통장으로 입금되게 만들어 수금이 되면 일을 한 사람들에게 나눠 주었다. 그러나 처음에는 인건비는 고사하고 보험금과 세금, 잡비 등 일부 금액이 내 주머니에서 오히려 더 나갔다. 물론 나중에는 나의 주머니에도 나의 인건비가 들어오게 됐지만.

2014년 4월 초.

남읍리 사무소 근처 작은 오름 서쪽 기슭으로 2천여 평 토지를 구입하고 구 가옥을 리모델링해서 살겠다고 창문을 좀 내달라고 공사를 요청한 손님이 있었다. 6명이 일하면 오후 3시쯤에는 가볍게 끝날 것 같아서 시멘트, 모래까지 합쳐서 120만 원에 공사를 해 주기로 했다. 워낙 조그만 공사였기에 계약서도 쓰지 않았고 그냥 휴일에 용돈벌이나 하자고 석공들이 6명 몰려갔다.

그런데 가서 보니 다른 일도 해 달라고 요구했다. 처음에 의뢰한 공사보다 오히려 더 일거리가 많은 것을 추가한 것이다.

"이건 약속드렸던 공사가 아니므로 공사비를 추가해야 할 것 같습니다."

나는 정중하게 말했다.

"별로 어려운 일도 아닌데 그냥 덤으로 해 주시면 안 될까요?"

그도 공손하게 요청했고 우리는 조금 더 열심히 하면 오늘 끝낼 수 있으니 그냥 해 주자는 의견을 모아 공사를 시작했다.

그 공사는 오후 7시가 돼서 겨우 끝을 낼 수 있었다. 보통 5시면 일과가 끝나는데. 많은 일거리가 추가되어 늦게까지 일을 한 것이다. 이런 일은 처음이었다.

그런데 문제가 생겼다. 주인이 나 몰라라 하면서 공사는 서울 사람에게 하청을 준 것이니 인건비는 거기서 받으라는 것이다. 일하는 우리 옆에서 하루 종일 술만 먹으며 잔소리를 하던 술 취한 사람이 그 하청업체 직원이란 것이다.

우리는 그 술 취한 직원에게 일당을 요구했다.

"계약서도 없이 하루 일하고 일당 받아 가려던 것이니 오늘 주세요."

단호하게 요구했지만 그 직원은 서울에 있는 사장이 내려와서 나중에 결제를 한다고 그냥 가라고 하는 것이었다.

"뭐 이런 사람들이 다 있어? 우리 다시 다 부셔버리고 그냥 갑시다. 들어보니 정말 안 되겠네."

우리는 거칠게 말다툼을 하며 서울에 있다는 하청업체 사장에게 연락해서 오후 9시경 그날 일당을 받아 들고 그곳을 떠났다.


그리고 다음날 저녁에 어떤 모임이 있었다.

말은 간담회라고 했지만 도지사에 출마하려는 예비 후보자

한 명의 사전 선거운동을 위해 모 민박집 주인이 인맥을 내세워 이웃을 부른 것이다. 나도 그 자리에 가게 되었다.

J대학 전임 교수였던 그 후보는 이런 말을 했다.

"저는 도민에게 봉사를 하려고 후보로 나왔습니다."

그래서 나는 질문했다.

"후보께서 봉사를 하려고 나오셨다 했는데. 그럼 후보로 나오시기 전에는 도민을 위해 어떤 봉사를 하셨나요? 설마 도지사가 돼야 봉사를 하겠다, 이런 말씀은 아니시죠?"

질문이 좀 예리했나. 그는 당황하는 기색이 역력했다.

보좌관 같은 젊은 동행인이 그 후보에게 서둘러 내가 질문한 내용을 설명하고 있었다.

"나…… 난! J대학 교수로 있으면 부러울 것이 없는데도 대학 교수를 사퇴한 것부터가 도민을 위해 봉사를 한 것이라 생각합니다."

정말 어이없는 대답이었다. 나는 더 이상 질문을 하지 않았다. 그것 하나면 충분했다. 그는 후보 자격도 없는 것이다.

끝나고 헤어질 무렵 그는 인사를 나누며 내게 명함을 줬다. 그리고 나의 명함도 원하는 눈치였다. 내가 누군지 알고 싶은 것이다. 그래서 나는 그에게 운영하던 인터넷신문의 명함을 줬다.

"협재에도 인터넷신문이 있었네요?"

그렇게 묻는 모습이 달갑지는 않은 표정이었다.


그날 밤.

"야! 가서 그 아름다운돌담인가 뭔가 좀 부서버려."

○○○는 결국 H읍 산업계에 있던 자신의 친구에게 청탁을 했다. 이 부분은 후일 그가 시인했고 통화기록까지 증거물로 남아 있다.

이틀 후. 청탁을 받은 그 공무원은 다시 아랫사람에게 지시했다.

"협제에 가면 아름다운돌담이라는 곳이 있는데 불법이 있나 조사를 철저히 하고 그 간판부터 떼어버려."

지시를 받은 그날, H읍 공무원들이 네 차례에 거쳐 무려 열여섯 명이나 우리 집을 방문—또는 침투—했다.

오전 9시. 나에게 첫 전화가 왔다.

"H읍 공무원인데요. 불법 간판이 있다고 해서 단속 나왔습니다. 잠시 오시죠."

저 멀리 서귀포 남원 공사현장에 있던 나는 차를 몰고 부지런히 달려왔다.

"불법 간판이라니요? 엄연히 간판 집에서 모든 등록을 하라고 하고 설치한 건데요?"

난 네 명이 우르르 몰려와 웅성거리고 있는 공무원들을 보며 당혹감에 물었다.

"등록이 안 된 간판이네요."

공무원 하나가 말했다.

"요즘 선거철이라 길거리에 지저분하게 광고물들이 나붙는 이 시점에 석공들이 일거리 하나 달라고 붙여놓은 간판 하나를 단속하겠다고 나오셨다는 것도 그렇고, 간판 집 허가를 내주면서 불법 간판은 설치하지 말라고 교육하지 않습니까? 전문가가 아니면 일반인들이야 이것이 불법인지 아닌지 모르잖아요? 대체 무슨 일이죠?"

나는 당혹감에 여러 가지 질문을 던졌다.

"신고가 들어왔어요. 그래서 단속 나온 겁니다. 간판 떼시죠."

"알았어요. 불법간판이라면 떼야지요. 알면서 붙여 둘 수는 없잖아요. 법은 지켜야죠."

나는 즉시 그라인더로 간판을 잘라 철거했다.

당시 우리 집 뒤에 땅이 1,700평 있었는데 지인 것이라서 내가 농사를 짓고 있었다. 지난해에는 밀을 심어 수확했고 마늘과 야채도 심어져 있었다. 이곳은 말과 소를 기르는 동네 사람들이 방목을 하는 초지와 붙어 있어서 말과 소가 밭으로 들어오지 못하게 돌담을 높이 설치하고 일부는 철조망과 목재로 담장을 설치해놓았다.

그런데 지난해 소나무 재선충으로 고사한 나무들을 자르고 그 나무들을 실어 나르는 과정에서 담장을 20여 미터 훼손해놓고 그냥 간 일이 있었다. 그 바람에 말들이 들어와 마늘과 봄배추, 시금치, 양파 등을 뜯어먹고 밟고 해서 농작물을 보호하기 위해 다시 담장을 설치하려고 돌을 25톤 한 차를 실어다 놓고 굴삭기로 정리 작업을 하고 있었다. 거기다 내가 땅을 구입하기 전에 일부 몰지각한 사람들이 이곳에서 석재를 채취하여 몰래 훔쳐가면서 도로를 만들어 놓았다. 그래서 그 도로를 이용하지 못하게 굴삭기로 조금 파놓았다.

오전 10시. 두 번째 전화가 왔다

"H읍 임야 담당입니다. 임야를 훼손했다고 해서 조사를 나왔으니 잠시 오세요."

간판 문제를 해결하고 막 다른 현장을 향해 차를 몰고 가던 나는 다시 차를 돌렸다. 세 명의 공무원이 나를 기다리고 있었다.

"이곳은 왜 파헤쳤어요? 임야를 훼손하면 안 되는 거 몰랐습니까?"

"여긴 전으로 된 곳인데 누가 도로를 만들고 석재를 훔쳐가서 차량 출입을 막느라 그런 겁니다."

"아, 여기가 전이에요?"

"네. 전입니다."

"전이란다. 그럼 우리와는 상관없는 일인데. 그냥 가자."

그들은 그냥 돌아갔다. 말투나 행동으로 보아 딱히 우리를 괴롭히고 싶은 생각은 없고 누군가가 시켜서 억지로 나왔다는 것을 알 수 있었다.

오전 11시. 세 번째 전화가 왔다.

"H읍 농지 담당입니다. 농지에 야적을 했다는 신고가 들어와서 나왔으니 잠깐 오시죠."

가까운 현장에 있던 나는 10분 내로 집에 도착했다. 이번엔 공무원 네 명이 우르르 몰려서 웅성거리고 있었다.

"여기 큰 돌들을 농지에 쌓아두면 안됩니다."

그 돌들은 모 학교 교장 선생님이 학교 담장 정비를 하다가 나왔는데 추억이 있는 물건이라며 잠시 놔뒀다가 싣고 간다고 놓아 둔 것으로 우리 농지가 아닌 세월호와 관련이 있는 단체의 땅에 15톤 트럭으로 한 차를 갖다 둔 것이었다.

"이건 ○○학교 교장 선생님 겁니다. 우리 게 아니에요."

내 말에 그들은 잠시 서로 눈치를 살피더니 그 문제는 더 이상 꺼내지 않았다. 어찌되었던 같은 공무원 것이니 묻어두려는 생각인 듯했다.

"여긴 왜 이렇게 길이 파헤쳐졌나요?"

임야 담당이 돌아가서 농지라고 말을 했던 모양이다.

"돌을 채취한 거 아닙니까?"

"겨우 1미터 넓이에 깊이 50㎝ 정도 파서 무슨 돌을 채취해요?"

나는 황당해서 기분이 언짢은 투로 말했다.

"그렇긴 한데……."

이곳저곳을 기웃거리며 중얼거리던 공무원들은 그냥 돌아갔다.

오후 1시 조금 넘은 시각. 네 번째 전화가 왔다.

"H읍에서 나왔습니다. 잠시 오시죠."

막 점심을 먹고 다시 서귀포 남원 현장으로 달려가던 나는 영
실 입구 산록도로에서 다시 차를 돌려야 했다.

차를 몰고 오면서 이 어이없는 상황에 대해 곰곰이 생각했다.
이건 누군가 고의적으로 아름다운돌담을 공격하는 것이다. 누
굴까? 경쟁업체? 아니면 불만이 있는 이웃 주민? 아니면 나에게
원한이 있는 누군가? 정답은 없었다. 우선 간판이 등록이 안 됐
다는 것은 담당 공무원이 아니면 알 수 없는 일이고 농지 담당,
임야 담당 공무원이 번갈아가며 나오는 걸로 봐서 어느 고위 공
무원이 우리를 괴롭히는 것이라는 생각이 들었다.

20여 분이 지나 집에 도착하니 또 세 명의 남녀 공무원이 나
를 기다리고 있었다.

"또 무슨 일이십니까?"

"불법으로 소나무를 잘랐다는 신고가 들어와서 조사를 나왔습니다."

"소나무요?"

담장 설치를 위해 정리 작업을 하다가 직경 10㎝ 정도 소나무 하나를 굴삭기가 쓰러뜨린 것을 임야 담당 공무원들이 나와 보고 갔었는데 그것 때문인 것 같아 현장으로 안내했다.

"지난해 소나무 재선충으로 죽은 고사목을 치우면서 농작물 보호를 위해 설치했던 돌담을 20여 미터 무너뜨리고 도로를 만들어 놨더라고요. 그래서 다시 담장을 설치하려고 정리 작업을 하다가 소나무 하나를 쓰러뜨린 모양입니다."

나는 자세히 설명했다.

"아, 그래요? 별 것도 아니네."

그렇게 말하며 그들도 그냥 돌아갔다.

열네 명의 공무원들이 같은 날 우리 집을 방문하면서 뭔가 문젯거리를 찾았지만 특별한 것이 없이 돌아갔으니 이제 우리를 괴롭히는 공무원이 직접 모습을 드러낼 것이다. 왜? 자신이 아래 공무원들을 보냈으나 뜻대로 되지 않았으니 직접 나서서 뭔가 시빗거리를 찾으려 할 것이기 때문이다. 그래서 나는 집 앞에서 서성이며 그 공무원이 오길 기다렸다.

마지막에 나타나는 자가 바로 그 원흉일 가능성이 높았다. 그

간 추리소설을 쓰며 스스로 터득한 지식이다.

내가 집 앞에서 서성이고 있자 아내와 처제 그리고 막내딸까지 나와서 이런저런 이야기를 나누고 있게 되었다.

"형부, 도대체 무슨 일이래요? 하루 사이에 공무원들이 이렇게 많이 오고. 뭐 때문에 그래요?"

처제가 걱정스러운 눈으로 나를 바라보며 물었다. 처제는 건강이 좀 좋지 않았는데 내가 공기 좋은 곳에 내려와 살라고 불러서 우리 집 옆에 집을 짓고 살고 있었다.

"글쎄. 나도 영문을 모르겠다. 나에게 불만이 있는 사람은 딱하나인데, 정말 그 사람일지……."

"네? 그 사람이 누군데요?"

"응. 어제 만난 도지사 후보."

"무슨 말이에요? 도지사 후보라니요?"

"아, 하도 건방을 떨기에 한 방 먹였지."

"건방이라니요?"

"뭐 대학 교수직을 물러난 것이 도민을 위한 봉사라면서 멍청한 소리를 하더라고."

"네?"

"아, 글쎄 도지사 후보로 나온 사람인데 도민을 위해 봉사를 하려고 나왔다 건방을 떨잖아. 다 자기 밥그릇 불리려고 나왔으면서 말이야. 그래서 도지사 후보로 나오기 전에는 무슨 봉사를 했느냐고 물었지."

"그랬더니 대학 교수직에서 물러난 것이 봉사라고 했다고요?"

"응."

"그런 멍청한 사람이 무슨 후보로 나왔대요? 그 사람 바보 아니에요?"

"하하. 갑자기 그런 질문을 받을 줄 몰라서 당황해서 실수한 것일 게야."

"당신은 그게 잘못이야. 잘난 척해서 이제 어쩔 거야? 그 사람이 보복하려는 모양인데 어쩔 거야? 막을 수 있겠어?"

아내가 처제와 나의 대화에 끼어들며 화를 냈다.

"내가 불법을 저지른 것이 없는데 뭐가 두려워."

"그런 사람들 인맥이 있잖아. 코에 걸면 코걸이란 거 몰라? 으이그, 당신은 너무 곧아서 그게 탈이야. 곧으면 부러지는 거야. 그걸 왜 몰라?"

"언니는. 곧은 것하고 이게 무슨 상관이야? 그런 방자한 말을 하니 형부가 질문을 잘한 거네. 어딜 감히 도민을 위한 봉사를 하려고 나왔다고 뻥을 쳐. 다 자기 처먹을 생각에 나왔으면서. 형부 잘했어요."

처제가 내 편을 들어 언니에게 한마디 했다. 처제들은 늘 내

편을 들어준다. 다섯 명이나 되는 처제들은 언제나 든든한 나의 지원군이었다.

"가만히 있었으면 되잖아. 누가 몰라? 다 알면서도 말을 안 하는 거야. 괜히 오지랖 넓은 척하며 나서니까 이렇게 공무원들이 무더기로 몰려오지. 이제 어떻게 할 거야? 다 상대할 수 있어?"

아내는 걱정스러운 모양이었다. 처음 당하는 일이기 때문이었다. 공무원들이 하나둘도 아니고 벌써 열네 명이 우르르, 네 번에 거쳐 몰려와서 불법을 찾는다고 수선을 떨고 갔으니 불안한 모양이었다.

그러나 내 귀에는 아내의 불평이 들리지 않았다. 오로지 곧 나타날 원흉. 그가 정말 내가 추리한 대로 나타날 것인가, 아니면 나타나지 않을 것인가. 정말 도지사 후보가 그 배후라면 앞으로 상대하기가 쉽지만은 않을 것이라 생각하며 그 해결책을 궁리하고 있었다.

오후 5시 15분. 모든 공무원이 퇴근할 그 시각.

승용차 하나가 우리 식구 네 명이 서 있는 곳을 빠르게 지나치는데 운전하던 사람이 손으로 얼굴을 슬쩍 가리는 모습이 내 눈을 반짝이게 만들었다.

"그자다."

나도 모르게 그 소리가 입 밖으로 나왔다.

"네? 그자라니요?"

"방금 지나간 차 안에 타고 있던 사람. 그 사람이 바로 오늘 공무원들을 여기로 보낸 장본인이야."

"그럼? 도지사 후보?"

"아니. 아까 왔던 공무원들의 우두머리지. 저자도 필경 H읍 공무원일 게야."

나는 처제와 아내의 물음에 대답하며 지나간 승용차 뒤를 유심히 바라보고 있었다.

좁은 골목길. 유일하게 주차할 수 있는 좁은 공간 하나. 그자는 그 자리에 주차하는 것을 조금도 망설이지 않았다. 이곳 지리를 이미 훤히 파악했다는 증거다.

40대쯤 되어 보이는 남자와 젊은 여자가 함께 내렸다. 여자는 필경 그를 보조하는 공무원일 것이다. 둘은 차에서 내려 빠르게 우리 눈을 피해 숲속 길로 돌아갔다.

나는 얼른 높은 지역으로 올라가 그들의 행적을 살폈다.

둘은 울타리를 임시로 쳐놓고 출입금지 팻말을 붙여놓은 나의 사유지 안으로 잽싸게 숨어들었다. 그들은 마치 007 첩보 영화처럼 자세를 낮추고 숲으로 몸을 숨기며 우리 집 뒤편으로 숨어들어와 휴대폰으로 사진을 찍으며 뭔가를 찾고 있었다. 남자가 여자에게 손가락으로 여기저기를 찍으라고 지시를 내리고 있었다.

"무슨 일로 남의 사유지에 들어오셨습니까?"

그들에게 다가가며 큰소리로 물었다. 내 목소리에는 약간의 분노도 섞여 있었다.

"아! 불법이 있나 조사를 하려고 나왔습니다."

그는 약간 놀라는 표정이더니 곧 시치미를 떼며 대답했다.

"경찰입니까?"

"아뇨. H읍 산업계에서 나왔습니다."

"수색영장은요?"

"뭐요? 수색영장? 그런 게 뭐 필요합니까?"

그는 국민의 사유지에 마음대로 들어온 것 따위는 대수롭지 않다는 태도였다.

"남의 사유지에 몰래 들어오는 것은 주거침입에 해당된다는 것을 몰랐나요? 수색영장도 없이 뭘 조사를 하신다는 겁니까? 공무원이 법도 모릅니까?"

나는 그가 원흉임을 알고 강력하게 나갔다.

"주거침입이라니? 그런 억지가 어디 있소?"

"억지요? 분명 집 앞에 주인이 네 명씩이나 있었는데 사전 동의도 받지 않고, 그것도 숲길을 돌아 울타리를 넘어 몰래 들어온 것이 주거침입이 아니라고요?"

나는 몹시 화가 나서 목소리가 격앙됐다.

"이 사람이 말을 함부로 하네. 공무원이 어딘들 못 갑니까? 불법이 있다고 신고가 들어와서 조사를 나왔는데 무슨 사전 동의를 받아요, 받긴."

그도 목소리를 높였다.

그때 마침 다른 현장에서 일을 마치고 굴삭기가 돌아왔다.

"여기 말고 야적장으로 가요."

나는 굴삭기 기사에게 그렇게 말했다. 그것이 그 공무원에게는 희소식이 됐을까.

"야적장이 어딥니까? 주소 불러 봐요. 거기도 불법이 있나 조사하게."

공무원은 얼굴에 미소까지 띠며 내게 물었다. 야적장은 돌담 공사를 위해 돌을 구입해서 임시로 모아둔 곳인데 먼저 팔아버린 집터 한쪽에 있어서 대지로 돼 있었다.

"○○○번지요. 그곳 40여 평을 야적장으로 쓰는데 대지로 돼 있으니 가서 찾아보시오."

나는 친절하게 주소까지 가르쳐 주었다.

나와의 대면이 편하지 못했던지 공무원은 여성을 데리고 급히 자리를 떴다.


"뭐래?"

집으로 돌아온 나에게 아내가 묻는 말이다.

"그놈이 원흉 맞아! 트집거리 찾으려고 몰래 숨어들어온 거야. 불법 조사 한다고 야적장에 갔어."

내 대답을 들으며 아내는 무척 걱정되는 표정이었다.

"형부! 뭐 문제 생기는 건 아니죠?"

처제도 걱정이 되었는지 나를 기다리고 있다가 근심 가득한 표정으로 물었다.

"음······. 어쩌면 처음으로 행정 공무원과 싸워야 하는 일이 생길 것 같아."

"왜요?"

"아마 내일도 뭔가 찾겠다고 몰려 올 테니까."

"설마 그러기야 하겠어요? 그렇게 와서 없다는 걸 알았으면 안 오겠죠."

"네가 몰라서 그래! 공무원들이 한 번 걸려고 하면 악을 쓰고 대들어. 코에 걸면 코걸이, 귀에 걸면 귀걸이, 몰라?"

아내가 처제 말에 토를 달고 나섰다.

"그래서······ 놈들이 내일부터 조용하면 나도 그냥 참고 넘기고, 내일도 트집거리 찾겠다고 설쳐대면 혼을 좀 내주려고."

"또 무슨? 제발 일 좀 벌리지 마! 그냥 둥글둥글 살자, 응?"

아내가 늘 내게 하는 말이다.

"알았어. 내일부터 놈들이 나타나지 않으면 그냥 참고 넘어간
다니까."

공무원들 때문에 쌓인 스트레스가 아내에게 짜증스럽게 대꾸
를 하게 만들었다.

"그래요, 형부. 내일 또 괴롭히지 않으면 그냥 넘어가고 괴롭히
면 따끔하게 혼내 줘요."

처제는 역시 내 편이었다.

"야! 넌 형부가 어떤 사람인지 몰라서 그래? 변호사들이 다 손
든 보험회사를 상대로 혼자 재판해서 이긴 사람이야. 한 번 날
을 세우면 굽힐 줄을 모른다고."

"그게 그거랑 무슨 상관이야? 잘못된 것은 바로 잡아야지. 특
히 공무원들이 형부를 괴롭히는데 그냥 참고 있으라고?"

"누가 그렇대? 대충대충 살자는 거지. 둥글둥글, 그렇게."

"난 형부가 옳다고 봐. 괜히 잘못도 없는데 매 맞을 필요야 없
지. 때린다고 무조건 맞아?"

처제는 계속 내 편을 들며 아내와 말다툼을 했다.

"그만! 그러다 싸울라. 내일 보고 결정할게."

나는 아내와 처제의 말다툼을 막은 후 물을 주전자에 붓고
가스레인지에 올려놨다.

"뭐하려고?"

"커피나 한 잔 해야겠다."

"제가 타드릴게요."

처제가 얼른 커피 잔을 꺼내고 있었다.

"아빠! 주인 허락도 없이 울타리를 넘어 몰래 들어오면 주거침입이래."

막내딸이 인터넷에 검색을 해본 모양이었다.

"그래, 아빠도 알고 있어."

"역시 아빤 최고야."

막내딸이 엄지손가락을 들어보였다.

"그저 아빠라면, 흥!"

아내가 그런 막내딸을 보며 삐친 척을 했다.

"형부도 사법고시나 보시지, 왜 중간에 포기를 하셔서……."

"이모도 참……. 아빠는 포기한 것이 아니라 그만둔 거예요. 판·검사하기 싫어서요."

막내딸은 처제보다 한 수 더 아빠 편이다.

"그저 아빠, 아빠. 저건 아빠밖에 몰라."

아내가 입을 삐쭉 내밀었다.

"아빠!"

"응? 왜?"

"아빠가 사법고시 공부할 때 이야기 좀 해 줘요."

"무슨? 먼저 다 이야기했는데?"

"아니 왜 있잖아요. 공부를 하는데 어떤 여대생이 아빠를 몹시 좋아했다고 하시다가 중간에 이야기를 멈췄잖아요."

"그, 그 이야기?"

"네! 마저 해 주세요."

막내딸이 앞에 앉아 내 얼굴을 빤히 들여다보기 시작했다. 본격적으로 이야기를 듣겠다는 것이다. 아내도 그 옆에 앉아 호기심 가득한 눈으로 날 바라보았다.

"커피 여기 있어요."

처제가 커피 잔을 내 앞에 놓고 아내 옆에 앉아 나를 보았다. 같이 듣겠다는 표정이었다.

"그래! 그럼 해 주지."

나는 커피를 한 모금 마시고 이야기를 시작했다. 첫사랑 이야기다. 그래서 처제도, 아내도 호기심이 발동한 것이다. 결혼 후 가족들 앞에서는 꺼내지 않았던, 그야말로 가슴속에 묻어 두었던 첫사랑 이야기.

제3장    달콤한 첫사랑

초등학교를 졸업하고 학업을 포기했던 나는 어느 날부터 다시 공부를 시작했다. 바로 사법고시에 도전을 하려고 법학서들을 모조리 공부하기 시작했던 것이다. 건축현장 야간 방범근무를 서며 낮에도, 밤에도 공부에 푹 빠져있었다.

　장안동. 서민 아파트가 즐비하게 늘어선 동네라 유흥가도 많았다. 수없이 늘어선 유흥가 골목 한쪽에 6층 건물을 짓는 건축현장의 도로변. 거푸집용 목재로 대충 지은 10여 평 창고건물, 그 한쪽이 내가 밤에 건축현장을 지키는 공간이자 공부방이었다.

　손은지. 22세. S대학교 3학년. 은지의 집은 바로 그 앞 연립주택이었다.

　오가며 내가 공부하는 모습을 지켜본 그녀가 언제부터인가 내게 관심을 갖기 시작했다. 은지는 김치며 밥이며 된장, 고추장 등 음식물을 조금씩 날라다 주며 인사를 하곤 했다.

　"오빠는 법대생이에요?"

　언제부터인가 우리는 오빠, 동생으로 호칭이 바뀌었다. 은지는 김치를 조그만 통에 담아 가지고 와서 문지방에 걸터앉아 날 촉촉한 눈으로 쳐다보며 물었다.

"아니……. 그냥 도전해 보려고."

나는 사실대로 이야기했다. 그녀가 나를 쳐다보는 눈빛이 사랑을 듬뿍 담고 있었기 때문에 거짓말로 허풍떨기는 싫었다.

"호호. 오빠 정말 정직해 보여요."

"무슨?"

"대부분 그렇게 질문하면 아니더라도 허풍을 떨면서 일류 대학 법대생이라고 대답하기 마련인데. 오빠 정직하네요. 진심이 느껴져요."

은지의 눈이 더욱 촉촉해지며 사랑을 고백하고 있었다.

"은지가 나에게 진심을 보이는데 내가 어떻게 거짓말을 해."

"오빠 여자 친구 없죠?"

"왜 그렇게 생각해?"

"그럼 있어요?"

갑자기 은지의 얼굴에 실망스러운 표정이 드리워졌다.

"아니, 없어."

"정말이죠? 그럴 줄 알았어요. 한 번도 이곳에 여자가 오는 것을 못 봤거든요."

은지의 얼굴이 환해졌다. 내가 공부하는 곳을 내려다볼 수 있는 3층 연립에 살고 있었기에 매일 나를 관찰했던 모양이었다.

"사실 난 중학교도 못 다녔어. 돈 벌려고 건축현장만 쫓아다녀서 여자 친구 사귈 시간도 없는데 누가 나 같은 남자를 좋아하겠어?"

내 말을 듣고 있던 은지의 두 눈이 반짝 이채를 띠었다.

"부탁이 있는데 들어주실래요?"

조금 망설이는 눈치를 보이던 은지가 용기를 내서 나에게 말했다.

"부탁? 무슨 부탁?"

"내일 저녁, 우리 집에 초대하고 싶은데……."

"무슨 날이야?"

"제 생일이거든요. 부탁드릴게요."

"부모님께서 좋아하실까?"

"네! 엄마도 오빠를 잘 알아요. 저보다 오빠 더 좋아해요. 젊은 사람이 근면성실하고 열심히 노력하는 모습이 좋다고."

"허……!"

나는 할 말을 잃고 말았다.

"알았어. 내일 갈게."

"정말이죠? 꼭 오실 거죠?"

은지는 무척 좋아했다. 팔딱팔딱 뛰며 자기 집으로 돌아갔다.

갑자기 밀려오는 허전함. 가슴 한쪽이 텅 빈 듯 외로움이 밀려왔다.

"자기야, 나 왔어."

다시 문이 열리며 40대 여인이 들어왔다. 옆 건물 지하에서 룸살롱을 운영하는 민 마담이었다.

"오셨어요?"

"왜? 말랑말랑한 어린애하고 있으니 좋아?"

은지가 있다가 간 것을 알고 온 모양이었다. 민 마담은 매일 나를 찾아왔다. 룸살롱 문을 열려고 출근하는 길에 불쑥 문을 열고 들어오곤 했다. 그리고 똑같은 말을 한다.

"생각해봤어? 나하고 사는 것 말이야."

나는 그냥 빙긋 웃었다. 나 역시 늘 같은 모습이다.

"자긴 그냥 하고 싶은 공부나 하면 돼. 돈은 내가 벌고. 어때? 나랑 동거할래?"

난 또 다시 빙긋 웃었다.

"장사 때려치우고 오늘밤 자기랑 놀까?"

민 마담의 손이 슬그머니 내 허벅지로 온다.


"무슨 여자가 그래? 거짓말 아니야?"

여기까지 아빠 이야기를 듣던 막내딸이 팔딱 일어나며 입을 삐쭉거린다.

"항상 네가 아빠 이야기를 중간에서 멈추게 한단 말이야."

처제가 막내딸을 보며 한마디 했다. 오늘 이야기는 더 듣기 어려워졌다는 것을 잘 알기 때문이었다.

늘 막내딸이 이야기를 다 듣지 못했다. 어찌됐건 첫사랑 이야기니 시집도 안 간 막내딸이 듣기는 좀 그랬다. 그러다 며칠이 지나면 또 이야기를 해 달라고 조르고 중간에 끊고를 반복하곤 했다.

오늘도 막내딸 때문에 더 이상 이야기는 이어가질 못했다.

"내일 공무원들이 또 올까?"

저녁을 준비하면서 아내가 나에게 물었다.

"오겠지."

"어째서 그렇게 생각하는데?"

"무슨 이유에서든 하려고 했던 목적을 달성하지 못했으니 다른 트집거리라도 찾으려 할 거 아니야."

"그럴까?"

"응, 그럴 거야. 반드시 또 올 거야. 안 오면 다행이고."

"뭐가 다행이라는 거야?"

"공무원들 말이야. 오면 다칠 테니까 안 오는 게 자기들한테 좋은 거지."

"또 싸우려고? 공무원들과?"

"주인이잖아, 내가. 국민이 주인 역할을 못하니 공무원들이 국민 위에 군림하려는 거야. 주인 역할을 제대로 하면 어디 감히 그럴 수가 있겠어."

"당신, 공무원들이 내일 안 오면 더 이상 문제 삼지 말고 그냥 가는 거야?"

"알았어! 이번엔 당신 말 들을게. 어차피 행정 공무원들과는 한 번도 싸운 적이 없잖아. 지난번 토지 분할 문제가 있을 때도 그냥 덮고 갔었고. 이번에도 더 이상 귀찮게만 안 하면 덮을 거야. 제주도에 조용히 살려고 왔으니 그래야지."

정말 나도 이제 나이를 먹을 만큼 먹었으니 조용히 살고 싶었다. 그래서 정말이지 내일 공무원들이 다시 와서 횡포를 부리지 않는다면 그냥 덮어두기로 했다.


다음날.

나는 새벽부터 서귀포 남원에 있는 공사장으로 갔다. 한창 일을 하고 막 새참을 먹을 때 우려하던 전화가 왔다.

"H읍 산업계에서 나왔는데요. 농지에 불법 야적을 한 것이 있으니 잠깐 오세요."

여자 목소리다.

"젠장! 그냥 덮고 가려고 했더니 이것들이 정말."

무척 화가 나서 혼자 투덜거리며 한 시간을 자동차로 달려 야적장으로 갔다.

"여기가 ○○○번지인데, 왜 야적을 합니까?"

남자 하나와 여자 둘이 와서 나를 기다리고 있었는데 그중 나이가 많은 여자 공무원이 마치 무슨 범죄사실이라도 발견한 것처럼 나를 닦달했다.

"주택을 지으려고 4미터 도로를 만들기 위해 대지로 바꾼 곳인데 아직 토지대장에 정리가 안 된 모양입니다. 이건 공무원들이 제대로 일을 안 해서 생긴 오류 아닙니까?"

나는 어이없다는 투로 말했다.

공무원들은 더 이상 반박할 수 없다는 것을 느꼈는지 조용히 돌아갔다. 불과 4미터에서 6미터 정도 근처 밭에서 나온 돌을 쌓아 놓은 것을 문제 삼으려고 작정하고 나왔는데 미처 준비를 철저히 못한 모양이었다. 급하게 옭아맬 트집거리를 찾으려다 보니 실수한 것이다. 그 후 그 공무원들은 다시는 오지 않았다. 그러나 이미 엎질러진 물이다. 안 오면 덮으려 했지만 왔다 갔으니 덮을 수는 없었다.

저녁에 일을 마치고 집으로 돌아 온 나는 H읍 산업계 공무원을 불법 주거침입죄로 인터넷 신문고를 통해 검찰청에 고발조치했다. 그렇게 나는 공무원 집단과 지루한 싸움을 시작하고 말았다.

나는 지인의 땅 1,700평을 1년에 100만 원씩 주고 임대했다.

아내와 처제가 심심풀이로 야채를 심어먹을 수 있는 공간을 제공해 주고, 바다 쪽으로 우거진 숲이 화재가 발생하면 그 불길이 우리 집으로 오지 못하게 안전지대를 만들려는 것이었다. 또 자급자족을 위해서이기도 했다. 겨울에는 보리나 밀을 심고 여름에는 밭벼를 심어 무공해 양식을 만드는 것이다.

겨울철 밀을 수확한 자리엔 벼를 심으려고 한창 준비 중이었다. 우선 방목하는 말과 소가 농작물에 접근하지 못하도록 돌담을 쌓아야 했다. 그래서 나는 굴삭기 기사에게 담장 설치를 할 곳에 평탄작업을 하라고 지시했다. 임대한 토지 경계선을 따라 약 1미터 넓이로 평탄작업을 하고 돌을 늘어놓으면 인력으로 쌓으려는 것이었다.

워낙 바쁜 공사현장이 많아 나는 아침에 굴삭기 기사에게 지시만 내리고 현장으로 떠났다. 그러나 주인이 지켜보지 않는 작업을 열심히 할 굴삭기 기사는 없다. 열심히 할수록 기름 값이 더 나오기 때문이다.

하루면 끝날 일을 굴삭기 기사는 사흘 동안 했다. 그런데 문제가 생겼다. 하루면 끝날 일을 며칠을 하며 시간을 끌다 보니 이웃 땅 경계도 침범하며 좁게 나가도 되는 경계지점 담장 설치 기초공사를 넓게 자리를 잡고 나간 것이다. 더욱 한심한 것은 자기가 한 일이 어디까지인지도 모르게 됐다는 것이었다.

그리고 소나무 재선충으로 죽은 나무들을 자르려는 사람들이 임시 나무 야적장으로 쓰며 풀과 잡목이 없게 만들어 놓은 땅에 처제가 들깨 씨를 뿌린 것이다.

내가 H읍 산업계 직원을 검찰에 고발 조치한 것을 알게 되고 자기 식구를 보호하려는 임시방편으로 어떻게 하면 나를 걸고 넘어질까 호시탐탐 기회를 노리던 공무원들 눈에 그것보다 좋은 트집거리는 없었다. 그들은 즉시 시청 녹지과 공무원들을 이용해 경찰에 나를 임야 훼손죄로 고발조치를 했던 것이다.

또한 매일 수시로 2~5명씩 공무원들을 우리 집 주위로 보내 불법 사실을 찾는다고 돌아다녔다. 그러면서 그들은 협박을 잊지 않았다.

"다 먹고 살자고 하는 건데, 좋은 게 좋지 않겠어요? 싸울 필요 있나요?"

산업계 고위층이라는 나이가 많은 여자 공무원이 그렇게 자기 식구를 검찰에 고발한 것을 취하하라는 요구를 했다.

"이곳에 농사를 지어야 하니까 우선 담장 설치부터 합시다."

난 그들을 낚을 미끼를 던지기 시작했다.

"담장은 무슨? 사건이 해결돼야 담장도 쌓고 농사도 지을 수 있는 것 아니겠어요? 주거침입이라니요. 공무원이 어디든 갈 수 있지, 사유지라고 공무원이 들어갔다는 이유로 주거침입? 이게 말이 됩니까?"

"공무원은 어디든 갈 수 있다, 이겁니까? 공무원 시험에는 국민들 주거 공간에 침입하면 범죄라는 것은 가르치지도 않나 봅니다. 주인이 있는데 사전 동의도 없이 몰래 숨어서 들어가는 것을 당연하다고 배우는 모양이지요?"

내가 비꼬자 그 여자 공무원은 "안 되겠네."라는 말을 연속으로 뱉으며 떠났다. 자신이 미끼에 걸려든 것도 모르는 멍청한 공무원이 어떻게 그 자리에 앉았는지 참으로 한심하지 않을 수 없었다.

분명 나는 임대한 토지에 농사를 지을 권리가 있고 그 권리를 막아 국민에게 손해를 입혔다면 해당 공무원은 직권남용을 한 것이다. 나는 모든 공무원들을 직권남용으로 고발하려고 그렇게 낚시 밥을 던지고 있었다.

사실 주거침입죄, 이건 별 것 아니다. 판사의 도깨비 방망이가 무죄와 유죄로 나눌 수도 있는 모호한 사건이었다. 주거지역도 아니고, 울타리도 못 봤고, 사유지 표시도 못 봤고, 뭐 이렇게 둘러대면 충분히 빠져나갈 틈이 생기는 사건이다. 제 식구 감싸려는 도깨비 방망이가 어떻게 휘둘러질지는 불을 보듯 뻔했다. 단지 공무원이라는 그 사람의 명예에 약간의 흠집을 낼 정도인 것이다.

국민인 당사자가 확실하게 금전적으로 피해를 본 사실이 명백한 직권남용죄를 그들에게 뒤집어 씌워야 나에게 승산이 있다. 그러므로 올해 밭벼 농사는 물 건너 간 것이다.

나는 주거침입죄로 검찰에 고발 조치한 공무원은 적당한 기간까지 끌고 가다가 풀어주고 모조리 직권남용으로 집어넣어야 한다고 생각했다. 또한 도대체 누가, 국민의 심부름을 하라고 그 자리에 앉힌 공무원을 자기 심부름꾼처럼 이용해 나를 괴롭히는 것인지 그 원흉을 찾아야 했다.

첫 번째 용의선상에 오른 인물들은 동종업체 사장들이었다.

바가지요금이 극성이던 돌담과 조경 공사를, 인터넷에 가격을 공개하고 적당한 공사비를 제시하자 많은 사람들이 아름다운돌담을 찾아 공사를 의뢰하여 우리는 연중 쉬는 날이 없었다. 반면 경쟁업체들은 한 달에 10일 일하면 많이 하는 것이었다. 그래서 그들은 우리 아름다운돌담에 원한이 많았다. 또한 불법으로 채취한 자연석을 사라고 해도 거래를 하지 않자 목소리를 높이던 돌 판매업자들 역시 용의선상에서 자유롭지 않았다. 또한 이웃에도 용의자가 한 명 있었다. 도로에 2미터 이상 우리 땅을 내

났고 골목길도 넓혀 놨는데도 매일 불평을 하는 사람이 있었다.

그러나 간판에 관한 것은 전문가와 담당자만 안다. 일반 사람은 그 간판이 등록이 된 것인지 아닌지 알 수가 없다. 그러므로 지금까지 용의선상에 있던 사람들은 모두 해당되지 않는다. 다만 공무원이 친구라면 가능할 수도 있었다.

두 번째 가장 유력한 용의자는 역시 도지사 후보였다. 그쪽에 관한 지식도 풍부하고 정치한답시고 국민 위에 군림하며 어깨에 힘주고 다니는 자들이니 아는 공무원에게 그런 지시를 충분히 내렸을 수도 있기 때문이다.

그래서 우선 도지사 후보부터 개인적으로 조사하기 시작했다. 이자가 매일 누구를 만나는지, H읍 공무원과 어떤 관계인지, 그들을 만나지는 않는지, 밀착 조사했다. 그의 집과 재산, 범죄사실 등을 나름대로 조사했지만 전혀 혐의를 찾지 못했다.

다음은 경쟁업체 사장들을 상대로 조사를 시작했다. 우리 아름다운돌담과 악연이 깊은 두 업체 사장부터 조사했으나 역시 혐의를 찾지 못했다.

마지막으로 자연석 판매업자를 용의선상에 두고 나름대로 조사를 했지만 역시 혐의가 발견되지 않았다.

나의 개인적인 조사는 난관에 부딪혔다. 용의선상에 둔 사람들이 대부분 혐의가 드러나지 않았기 때문이다.

모든 조사를 원점으로 돌리고 사건이 시작된 날짜를 되짚어 조사를 하던 중 뜻밖의 수확을 얻게 되었다. 바로 납읍리 사무소 동쪽 오름에서 서쪽 능선으로 2천여 평 땅을 사고 헌 집을 리모델링하면서 임금을 주지 않으려다가 싸웠던 문제의 그 주인이 공무원이라는 것을 알게 된 것이다.

나는 철저히 조사를 시작했다. 그리고 조사를 하면서 그가 바로 원흉이란 사실을 차츰 알게 되었다. 그리고 드디어 그에게서 자신이 원흉이라고 시인하는 통화기록을 녹취하게 되었다. 증거를 확보한 것이다. 이젠 거칠 것이 없었다. 모두 노가리처럼 엮어서 직권남용죄로 처넣으면 되는 것이다.

검찰에 주거침입죄로 처넣었던 공무원에게서 잘못했다는 사과를 받고 고소를 취하했다. 내가 주거침입죄로 고발한 사건은 해당 공무원보다 나만 검찰청에 들어와라 어쩌라 하면서 귀찮게 하고 어떻게 하면 고소를 취하하게 할까 유도하더니 공무원 집단이 자기 식구를 감싸기 위한 지원 사격으로 나를 고발 조치한 임야 훼손죄, 그 수사는 끈질기고 집요하게 하기 시작했다.

그리고 몇 십 년 전 전두환 정권 때나 들었던 경찰의 똑같은 질문을 나는 자치경찰에 처음으로 출두하던 날 듣게 되었다.

"친척, 친구 중에 정치인이 있나요?"

"아니요."

"언론인 중에 아는 사람이 있나요?"

"아니요."

"종교단체에 가입돼 있나요?"

"아니요."

"사화단체에 가입돼 있나요?"

"아니요."

거기까지 질문한 경찰 입가에 비웃음이 번지고 있었다. 자신들이 가장 꺼려하는 정치인, 언론인, 종교단체, 사회단체, 그 어느 것 하나 해당되지 않으니 이놈은 밥이다, 이렇게 생각을 한 것이리라.

"왜 임야를 훼손하고 형질 변경을 한 거요?"

"난 그런 적이 없는데, 뭘 가지고 그러는지 모르겠습니다."

"임야를 굴삭기를 동원해서 파헤치지 않았소?"

"파헤치진 않고 농작물 보호를 위해 담을 설치하려고 경계에 평탄작업을 한 것뿐입니다."

"형질 변경이 맞고만. 그냥 시인하시지, 왜 그러시오? 그래봐야 벌금 조금 내면 되는데."

"안 한 걸 했다 그럽니까?"

"경계지역 임야를 굴삭기로 파헤친 것은 맞다. 하지 않았소?"

"뭐가 맞아요? 담장 설치를 하려고 바닥을 고른 것뿐인데."

"자꾸 이렇게 나오면 서로 힘드니까. 그냥 인정하고 넘어갑시다."

"뭘 인정해요? 하지도 않은 것을."

"아, 왜 이렇게 말귀를 못 알아들으실까? 쉽게 가자고요, 네? 알겠어요?"

"이것 보세요. 하지도 않은 일을 왜 내게 뒤집어씌우려고 합니까?"

"이씨. 정말 안 되겠네. 현장에 나가서 확인시켜줘야 인정할 위인이구만."

젊은 경찰이 말을 심하게 하고 있었다. 이것이 다 정치인도 모른다, 언론인도 모른다, 종교단체나 사회단체에도 가입돼 있지 않다 하니까 사람을 우습게보고 나오는 행동과 말투였다.

"○월 ○○일에 현장에 나갈 것이니 오전 11시에 거기서 만납시다. 가 봐요."

그렇게 경찰과 첫 만남은 끝이 났다.


"첫사랑 이야기 좀 더 해 봐."

경찰을 만나고 온 내 마음이 지옥인 것을 눈치 챈 아내가 며칠 전 하다 만 첫사랑 이야기를 들려달라며 애교를 부렸다. 내 마음을 풀어주려는 것이다.

"이 기분에 무슨?"

"궁금해서 그래. 더 들려줘."

아내 마음을 모르는 것도 아니고 경직된 마음도 풀 겸 나는 다시 첫사랑 이야기를 하기 시작했다.

"어디까지 했지?"

"무슨 마담인가 손이 슬그머니 당신 허벅지를 만졌다며."

"그래, 그랬지. 그 마담 손이 좀 버릇이 없어. 허벅지를 타고 가운데로 불쑥 들어오거든. 그래서 내가 거기를 못 만지게 잽싸게 마담 손을 잡는데 마담은 그걸 바라는 거였어. 내가 자기 손을 잡아 주는 거 말이야."


마담은 얼른 다른 손으로 내 손을 감싸며 만지작거렸다.

"왜 이래요?"

나는 손을 뿌리칠 생각은 하지 않고 마담 얼굴을 빤히 들여다보며 물었다.

"나랑 결혼할래? 나 아파트도 있고. 이래 봐도 처녀야. 나이는 좀 많지만. 응?"

마담의 입술이 점점 내 입술 가까이 다가왔다. 순간 난 얼굴을 뒤로 뺐다. 마담 입에서 향긋한 향기가 났다. 껌을 씹은 것은 아니고 아마도 입 안에 향수를 뿌린 모양이다.

"장난하지 말아요. 저 공부해야 돼요."

나는 손을 뿌리치며 약간 뒤로 물러나 앉았다.

순간 마담의 두 손이 내 목을 감싸며 내 입술 위로 마담의 입술이 덮쳤다. 한순간이었다.

"오늘은 키스만 하고 간다. 공부 열심히 해, 자기야!"

어느새 마담은 나의 공부방을 벗어나 저만치 달아나고 있었다.

"으이그, 저 아줌마. 장난도 심해."

투덜대며 다시 공부를 시작하던 나는 아직도 입술에 남아 있는 마담의 향기를 느끼며 묘한 기분이 들었다.


"뭐? 묘한 기분이 들었다고? 아주 그 늙은 년과 살지 그랬어?"

이야기를 듣던 아내가 입술을 삐쭉거리며 투덜대는 바람에 이야기가 중단됐다.


경찰과 만나기로 한 그날 오전 11시.

약속시간이 20분이나 지나서야 경찰과 고소인인 제주시청 공원녹지과 직원들이 도착했다.

약속은 법이고 인간이 살아가는 데 반드시 지켜야 할 매너이다. 특히 그가 국민들에게 월급을 받는 공무원이라면 더욱 국민과의 약속은 철저히 지켜야 한다. 20분쯤이야 별 거 아니라고 생각할 수도 있겠지만 그 생각 자체가 잘못된 것이다. 그렇다면 왜 교통신호를 지키고 규정 속도를 지키며 차선을 지키는가. 채 1분도 안 돼서 지나가는데 말이다.

국민은 공무원의 주인이다. 국민과의 약속에 20분이나 늦게 도착해서 아무렇지도 않다는 그 태도는 공무원들이 국민을 자신들의 노예로 생각하기 때문이다. 특히 법을 준수해야 할 경찰이 말이다. 공무원들이 국민이 월급을 주며 일을 시키려고 자신을 그 자리에 앉혀 놓았다는 것을 망각한 채 그 자리가 국민 위에 군림하는 자리로 인식하고 있다는 것부터 문제가 있다.

모든 비리는 규제로부터 나온다. 그들은 국민 위에 군림하기 위해 끝없이 국민들을 규제하려고 한다.

요즘 제주도는 소나무가 많이 죽어간다. 임야로 된 토지는 소나무가 많아 건축허가를 내줄 수 없다는 것이 그들 공무원이 내놓은 규제 중 하나다. 그러나 돈 많은 재벌들이나 공무원들은 많은 소나무들을 마구잡이로 베어버리고 그 자리에 아파트도 세우고, 골프장도 세우고, 건축을 잘도 한다. 하지만 힘없는 국민들은 자기들 살 집 하나 지으려고 해도 이런저런 이유를 대며 쉽게 허가를 내주지 않는다. 특히 소나무가 그 토지에 있다면 이유를 대기도 쉬워서 허가 받기가 어렵다. 물론 돈을 주머니에 넣어 주면 쉽다. 그들은 그 재미로 규제를 만든다.

제주도를 돌아다녀 보면 도로 규제도 기막히다. 서귀포에서

516도로를 타기 위해 토평을 지나면 불과 300미터 사이에 속도 규제가 네 번 바뀐다. 어떤 예고도 없다. 50킬로미터에서 60킬로미터로 바꾸다가 다시 50킬로미터로 그리고 또 다시 60킬로미터. 100미터에 한 번씩 바뀐다. 기막힐 정도다.

소유한 토지에 소나무가 있다고 국민이 거주할 집터를 닦는 것은 허락하지 않는 공무원들이 외국인에게, 대기업에, 또 자기들끼리는 참 쉽게 허가가 나곤 했다. 그런데 그 소나무가 이젠 거의 다 죽고 없다. 그러자 공무원들은 다시 새로운 규제를 들고 나왔다. 국민이 소유한 토지의 소나무가 죽어도 향후 10년간 건축행위를 규제한다는 것이다. 그것도 5년이라 하더니 슬그머니 10년으로 늘어났다가 다시 3년으로 조정했다고 한다. 자기 밥그릇을 챙기겠다는 얄팍한 수작이다. 뭔가 규제를 만들어야 국민들이 자신들 주머니에 먹을 것을 챙겨 주니 말이다.

엄연히 국가에 헌법이 있고 모든 국민은 그 헌법으로부터 보호를 받을 권리가 있다. 또한 그 헌법을 지킬 의무 또한 모두에게 있다. 하지만 공무원들은 그 헌법조차 무시하고 자신들 주머니에 먹을 것이 들어오도록 규제를 자꾸 만들고 있다. 특히 그 공무원의 우두머리가 국민의 투표로 당선되면 새로운 먹을거리를 찾아 새로운 규제를 항상 들고 나온다. 또는 새로운 사업을 들고 나오는 경우도 있다. 국민들의 엄청난 세금이 들어가는 사업을 만들수록 자신들 주머니에 들어오는 먹을거리도 많기 때문이다.

고구려, 고려, 조선. 이 나라들이 망한 이유는 바로 당파싸움 때문이다. 물론 간신배 무리들도 한몫을 했다.

2015년 현재 대한민국은 그 당파싸움이 없어졌을까?

인간쓰레기도 그 지역에 출마만 하면 당선되는데. 당파 싸움에 놀아나는 국민들도 사실은 함께 당파싸움을 하고 있는 것이다. 범죄자들도 지역이기주의 때문에 그 지역에 출마만 하면 당연히 당선된다. 특히 심한 것이 경상도, 전라도이다.

박정희 정권이 강력한 도전자 김대중을 견제하기 위한 수단으로 사용하기 시작한 지역감정. 인구가 전라도의 두 배에 가까운 경상도 인심을 집결하기 위한 수단으로 시작한 지역감정이 지금은 당파싸움으로 이어지고 있다. 경상도는 경상도대로 전라도는 전라도대로 서로 뭉쳐야 한다는 생각이 선거 때만 되면 나오는데 이것은 정치인들이 아직도 그 지역감정을 부채질하기 때문이다. 정치인 수작에 놀아나는 국민들이 한심하기도 하다.

국민들 중에 스스로 국민이기를 포기하는 멍청이들이 있어서 다른 국민들까지 피해를 본다. 모든 일을 쉽게만 가려다 보니 공무원들이 쳐놓은 규제라는 덫에 쉽게 걸려들기 때문이다. 허가를 못해주겠다고 하면 얼른 돈을 들고 찾아가니 공무원들의 그 못된 버릇을 국민들 스스로 만들어주지 않았을까 싶다.

가장 가까운 곳에서 찾아보면. 도로교통 법규다. 당연히 지켜야 할 법규조차 신호를 무시하고 달리기 일쑤고 중앙선 침범은 물론 음주에, 과속에, 법규를 무시하고 뻔뻔하게 얼굴 들고 달리는 운전자들을 보며 우리나라 국민이 주인의식을 가지려면 아직 멀었다는 생각이 든다. 스스로 공무원의 노예가 되려는 국민들이 있다는 것이다.

얼마 전 나도 신호위반 스티커를 한 장 받았다.

서광에서 대정방향으로 왕복 4차선 도로였는데 덕수리 방향으로 좌회전을 해야 하는데 직진과 동시 신호가 직진 신호 중간에 잠깐 나온다. 동시 신호를 보고 좌회전을 했는데 갑자기 노란불이 들어왔다. 분명 급브레이크를 밟았으면 교차로에 들어서지 않고 멈출 수 있었는데. 그냥 통과하고 말았다.

교차로에서 200여 미터 전방에 경찰 둘이서 이야기를 나누고 있다가 나를 본 모양이었다. 그렇지 않아도 신호위반을 한 사실에 자책하고 있었는데 그 모습이 수상해 보였는지. 두 경찰이 내게 다가왔다. 물론 경찰이 있던 곳에서는 좌회전 신호를 볼 수 없었다. 경찰도 그것을 알고는 한 명은 신호를 확인하러 천천히 걸어서 교차로 쪽으로 갔고 한 명은 내게 다가왔다. 나는 차

창을 열고 신호위반을 했다며 면허증을 줬다. 내 자신이 법규를 지키지 않았다는 것을 도저히 용서할 수 없어서 스스로 면허증을 주고 신호위반 사실을 자수했다고나 할까.

문제는 그 다음에 생겼다. 경찰 눈에 내가 더욱 수상하게 보인 모양이었다. 6만 원짜리 스티커를 끊어주고 면허증을 든 채저 뒤편으로 가더니 5분 이상 신원조회를 하고 있었다. 모든 국민들이 위반을 해도 아니라고 우기는 상황에서 스스로 위반했다고 면허증을 내미는 내가 더 수상하게 보인 것이다.

거짓이 더욱 믿음이 가는 세상. 이 현실은 국민들 스스로 자처한 노예의 길이 만든 것이라는 생각이 든다.

국민들이 법을 준수하고 공무원은 자신들의 종업원이라는 주인의식을 가지고 살아간다면. 공무원 비리도 사라지지 않을까.

국민 스스로 공무원의 노예가 되지 말아야 한다. 뇌물을 바쳐서라도 법을 어기겠다는 그 알량한 수법이 스스로를 공무원의 노예로 만드는 것이다. 자신들의 일꾼으로 뽑은 정치인들에게 아양을 떨며 줄서기를 하는 국민들은 스스로가 노예가 되겠다는 한심한 국민이 아니겠는가.

이 나라의 현재 최고 지식인이라는 대학교수들. 선거 때만 되면 누구를 지지한다고 언론이며, 플랜카드며, 앞장서서 줄서기를 하고 정치인 후보를 위해 광고를 해 준다. 떼로 몰려다니며 간신배 노릇을 하는 것이다. 그런 한심한 간신배들에게 교육을 받은 학생들이 올바른 교육을 받았겠는가. 공무원들 노예가 되는 길만 빨리 터득했을 것이다.

사전 선거운동을 하면 안 된다는 법을 이 시대 최고 지식인이라는 대학 교수들이 가장 먼저 어기고 있는 것이다. 수많은 제자들을 선동하여 당선될 가능성이 있는 후보자에게 잘 보이려는 간신배 노릇이다. 스스로 공무원의 노예가 되려는 생각은 지식인일수록 더욱 심하다.

혈기 왕성한 대학생들은 그런 상황을 알기에 데모도 하고 바로 잡겠다고 나서지만 언제부터인가 그들도 이미 공무원들 노예가 되고 있다는 것을 스스로도 잘 모른다. 당파싸움에 같이 합류한다는 것도, 그 지역감정에 같이 동참한다는 것도, 스스로 느끼지 못한다.

이미 우리도 모르는 사이 깊게 자리를 잡고 있는 노예 생활. 스스로 그걸 깨우치고 옳은 길로 걸어갈 때 국민들은 공무원들의 노예에서 해방되지 않을까.


"임야를 불법으로 개간하고 지형변경을 한 것이 맞네요. 여기 이곳부터 저곳까지."

20분이나 늦게 도착한 경찰과 공무원. 그들은 내가 하지도 않은 일을 거론하며 덮어씌우기 작전과 함께 슬쩍 제안도 했다.

"여기 보면 한 3~4평정도 임야를 훼손했네요."

담을 설치하려고 우리 전과 다른 집 임야 사이의 20여 미터 경계를 정리했으니 3~4평은 나도 모르게 임야를 훼손했을 수도 있겠다 싶어 고개를 끄덕였다.

"그럼 쉽게 가자고요. 3~4평정도 임야를 훼손했다고 그렇게 조서를 꾸밀게요."

경찰 이야기를 듣고 그것까지 부정할 수는 없어서 그렇게 하자고 했다.

경계 담장을 설치하려면 넓이 1미터 정도는 평탄작업이 필요한데 우리 땅 쪽으로 평탄작업을 했다지만 이웃집 땅인 임야를 살짝 스치듯 지나친 굴삭기 흔적이 있으므로 그것까지 아니라고 할 수는 없었다.

경찰과 첫 조사에서 그렇게 사건을 쉽게 마무리되는 듯싶었다.

"○월 ○일 10시까지 자치경찰로 들어오세요. 조서에 지장만 찍으면 끝납니다."

경찰이 그렇게 말을 하며 가려고 했다.

"이젠 담장을 설치하고 농사를 지으면 됩니까?"

가려는 경찰 뒤에서 내가 물었다.

"사건이 마무리돼야 농사를 짓지요. ○월 ○일 10시에 오셔서 지장 찍고 나면 빠른 시일 안에 판결이 날 겁니다. 그럼 농사를 지을 수 있습니다."

경찰은 그 말을 남기고 갔다.

그러는 사이 이미 한 달이란 시간이 지나갔다. 이젠 밭에 콩과 참깨나 심을 수밖에 없었다. 시기적으로 다른 작물은 이미 늦었다.

경찰이 들어와서 조서에 지장을 찍으라는 그 날짜를 이틀 앞두고 다시 처제와 아내의 짓궂은 질문에 의해 첫사랑 이야기를 시작했다.

은지가 초대한 그녀의 생일날 아침부터 내 눈에 거슬리는 사람이 하나 있었다. 마치 북어처럼 비쩍 마른 사람이었다. 나이는 많은데 몸은 어린아이만큼 작았다.

"와우! 허리사이즈가 15 정도 되겠네."

그 남자가 신기해 유심히 보게 됐는데 은지네 집이 있는 연립주택 뒤편을 계속 왔다 갔다 하면서 뭔가 살피고 있는 것이 몹시 수상했다.

"저 사람은 뭐지……."

예감이랄까. 그는 뭔가 범죄를 저지를 사람 같아 보였다.

뭔가 수상하다는 생각에 그가 가는 곳을 조심스럽게 뒤따라
갔다. 그는 장안동 서민아파트 근처 허름한 주택 지하방으로 들
어갔다. 그곳이 그 사람 집 같았다.


저녁에 말끔하게 옷을 차려입고 은지네 집을 방문했다. 초인
종을 누르자 그녀가 나왔다.

"오빠!"

은지가 와락 두 팔로 내 목을 감싸며 매달렸다.

"응, 응."

약간 당황한 나는 어쩔 줄 몰라 했다.

"얼른 들어와!"

그녀는 마치 내가 도망을 못 가게 하려는 것처럼 내 손을 꼭
잡고 방으로 들어갔다.

"……!?"

방엔, 아니 그 집엔 아무도 없었다.

오로지 은지와 나, 단 둘뿐이었다.

"엄마는?"

"응! 엄마는 며칠 전에 하와이 여행 가셨어. 내일 오실 거야."

그녀는 엄마와 단 둘이서 살고 있었다. 아빠는 없다. 왜 아빠
가 없는지, 그 이야기는 묻지 못했다. 은지 스스로 이야기를 꺼

내기 전에 묻기가 싫었다. 그녀의 불행한 과거를 들추어내는 것 같아서……

"친구들은? 부르지 않았어?"

"응! 오빠와 단 둘이 있고 싶어서."

그녀 얼굴이 붉게 홍조를 띤다. 수줍은 모양이었다. 식탁에는 김이 모락모락 나는 음식이 차려져 있었다. 케이크와 함께 닭볶음탕, 밥, 미역국이 전부였지만. 그녀가 직접 만든 음식 같았다.

"자! 생일 축하해!"

난 선물로 사온 금목걸이를 은지에게 내밀었다. 14K 나비 모양의 목걸이였다.

"고마워, 오빠!"

그녀가 갑자기 내 입술에 키스를 했다.

나는 가만히 있었다. 그녀와의 키스는 금방 끝났다. 왠지 허전한 느낌이 들어 그녀를 바라보고 있는데 은지가 내 손을 잡고 내 손가락에 반지를 끼워 주었다. 가느다란 금반지 하나. 그리고 그녀가 자신의 손가락을 내밀며 또 하나의 똑같은 금반지를 내게 줬다. 끼워달라는 것이었다. 커플링. 나는 커플링을 은지의 손가락에 끼워 주었다.

"오빠와 난 이제 커플이 된 거야. 사랑해!"

은지가 다시 내 목을 두 손으로 끌어안으며 키스했다. 그녀의 입술이 무척 뜨겁다는 생각이 들었다.


"에이……! 뭐야? 그러다가 같이 잔 이야기도 나오겠다."

"너무 깊숙이 듣는 건 안 좋아."

아내와 처제는 입을 삐쭉거리며 나가버리는 바람에 이야기는 다시 끝났다.


그리고 이틀 후 나는 경찰서로 들어갔다.

"어서 와요. 오시는 길에 차가 좀 막히죠? 출근시간 근처라."

경찰의 말투가 무척 상냥했다.

"네. 출근시간이 지나서 그런지 많이 막히진 않네요."

상냥한 말투에 기분이 좋아졌다.

"자, 바쁘실 텐데 여기에 지장만 찍으시면 됩니다."

경찰은 꾸며놓은 조서를 내 앞으로 밀어 놓으며 지장을 찍을 페이지만 보여 주었다.

"아참! 신분증 가지고 오셨죠?"

"네."

나는 신분증을 꺼내 경찰에게 주었다.

"잠시만요. 신분증부터 복사하고……."

경찰이 신분증을 복사하려고 자리에서 일어나 뒤쪽으로 걸어

갔다. 난 무심코 경찰이 지장을 찍어야 한다고 내민 조서를 들춰보았다.

"……!?"

기막힌 내용이 슬그머니 그 조서 속에 박혀 있었다.

내가 불법으로 임야를 680제곱미터 훼손했다는 내용이었다. 겨우 3~4평 임야를 훼손했다고 하던 그들이 슬그머니 조서 속에 내용을 숨겨두고 지장을 받으려던 것이다. 경찰을 믿고 무조건 지장을 찍었다면……. 생각만 해도 몸서리쳐지는 일이었다.

"이게 뭡니까? 서너 평이라고 하시더니 왜 갑자기 200평이 넘는 임야를 훼손했다고 내용을 박아 놓은 겁니까?"

나는 무척 화가 나서 언성을 높였다.

"그걸 왜 봅니까?"

오히려 화를 내는 경찰.

"그럼 무슨 내용인지 모르고 무조건 지장을 찍고 시인해야 합니까?"

내가 화를 내자

"그건 아니지만……."

하고 경찰이 말끝을 흐렸다.

"분명 나한테는 3~4평 훼손됐다고 하셨는데 갑자기 200평이 넘게 훼손됐다고 조서 내용을 바꾼 이유가 뭡니까?"

내가 따지듯 물었다.

"우리가 한 것은 아니고 시청 녹지과에서……."

"나는 이런 조서에 동의할 수가 없으니 다시 처음부터 시작하죠."

나는 그 말을 남기고 경찰서를 나왔다.

돌아오는 길에 경찰에게서 전화가 왔다.

"○월 ○일 10시에 현장에서 다시 조사를 진행할 것이니 나오세요."

"알았습니다."

나는 짤막하게 대답하고 전화를 끊었다. 기막힌 사실에 나도 치밀하게 대처해야 하겠다는 생각을 굳혔다.

우선 재선충 고사목 제거를 하면서 멀쩡하던 돌담을 마구 훼손하고 그냥 가버린 시청의 잘못부터 밝혀야 하므로 당시 굴삭기 기사에게 전화를 걸었다.

"작년에 재선충 고사목 제거 작업하면서 우리 집 뒤 농장에 돌담을 허물고 길을 내고 들어가 차량으로 실어 날랐던 것 기억납니까?"

"아, 네! 기억나죠. 그때 담장이 많이 훼손됐죠?"

"네. 우리 농지 경계에 있던 돌담을 10여 미터 허물고 들어가 임야에 고사목을 야적하면서 그 일대를 나무 하나 없이 만들어

버렸더라고요."

"네. 그곳에 고사목을 모았다가 차로 실어 날랐으니까 사장님 댁 농장으로 길을 내서 다녔지요. 담장을 고쳐드려야 할 텐 데……. 그건 시청에 가서서 항의 좀 하셔야 할 겁니다."

"아, 담장을 고쳐 달라는 것은 아니고요. 당시 고사목을 야적 해서 나무와 풀도 없이 만들어 놨던 그곳에 처제가 들깨 씨를 뿌린 것이 공무원들에게 트집거리를 제공한 모양입니다."

"아니 왜요?"

"모르죠. 그래서 문제가 생겨서 그러니 당시 굴삭기 작업을 하며 우리 담장을 훼손한 사실이 있다는 사실확인서 하나만 써주세요."

"에이…… 그걸 어떻게……?"

장비 기사는 망설이고 있었다. 나는 다시 부탁을 했다. 결국 장비 기사는 이틀 후 그 사실확인서를 내게 써줬다. 그거라도 확보해서 그나마 다행이었다.

시청 녹지과. 그들이 방목된 소와 말로부터 농작물을 보호하 려고 설치한 담장을 마구 훼손해놓고 당당히 그냥 가버린 만행 을 저지르고도 직접 돈을 들여 고치려는 나에게 죄를 묻겠다니 이 어찌 기막힌 일이 아니겠는가? 아무리 공무원 집단의 힘이 강해 자기 식구를 보호하려고 지원사격을 하는 것이라지만 이 건 아니었다.

이렇게 증거를 하나 확보했으니 반격을 하려고 경찰이 오기를 기다렸다.

이번에도 경찰과 시청 직원들은 정확하게 10분 늦게 도착했다.

약속은 곧 법이다. 법은 서로 최소한 이것만은 지키자는 약속을 한 것이다. 그것이 법이다. 법을 누구보다도 잘 지켜야 하는 공무원들이 먼저 법을 지키지 않고 있는 것이다.

"겨우 10분인데 어때?"라고 말한다면 할 말은 없지만 그들이 공무원이기에 약속을 더욱 지켜야 하는 것이다. 특히 국민과의 약속이라면 더욱 그렇다.

국민이 자신들을 고용한 주인이라는 생각을 한다면 그런 건방진 생각은 하지 않을 것이다. 국민 위에 공무원이라는 방자한 생각을 품고 있기에 그들은 국민과의 약속 따위는 지킬 필요가 없다고 생각하는 그 자체가 문제다.

일본인 앞잡이부터 시작 국민을 탄압하는 역할부터 배운 공무원들이 이 나라의 공무원 집단을 이끌었기에 아직도 그들에게 물려받은 국민 위에 공무원이란 방자한 생각들이 공무원 머리에 존재하는 것이다. 물론 많은 공무원들이 자신들의 임무를 충실히 수행하며 그 자리를 지키고 있다.

물론 이것은 공무원들만 해당되는 것은 아니다. 이 시대 최고 지식인이라는 대학 교수들 역시 마찬가지다.

막내딸은 J대학을 나왔다.

"아빠! 교수님이 약속을 지키지 않으셔."

막내딸이 입버릇처럼 하는 그 말을 이해하지 못했는데 방학이 돼서 기숙사를 비워야 하는 딸을 위해 짐을 실으러 내가 직접 학교로 간 적이 있었다. 대학 교수와 오후 3시에 미팅이 있다며 3시 30분에 오면 된다고 하여 시간을 맞추어 갔다.

"어디야?"

딸에게 전화를 했다.

"아빠! 교수님이 전화도 안 받고 오시질 않아."

딸이 무척 속상한 말투로 그렇게 말했다.

"3시에 미팅 약속을 하셨다며?"

"응! 그랬는데……. 아무리 기다려도 오시지 않고 전화를 해도 받지도 않고……."

"무슨 대학 교수가 제자와 한 약속도 안 지켜?"

무척 화가 났지만 우선 속상해하는 딸부터 달래줘야 했다.

"조금만, 응? 교수님이 무슨 일이 있는 거겠지. 조금 더 기다려 봐."

"응, 알았어. 다시 전화할게."

전화를 끊고 나니 지난날 딸이 하던 말이 생각났다.

"교수님이 갑자기 강의를 취소했어. 괜히 버스 타고 학교까지

갔다 오는 길이야."

"무슨 말이야? 강의가 취소되면 미리 알려주지 않아?"

"응! 대부분……. 그런데 이번엔 갑자기 취소됐어."

"왜?"

"몰라!"

그리고 이번처럼 교수님이 미팅 약속을 자꾸 지키지 않는다는 이야기를 자주 들었을 때도 무슨 급한 사정이 있겠지 하며 이해하려고 노력했는데 너무 자주 듣게 되던 대학 교수가 제자와 약속을 지키지 않는다는 그 말. 어떻게 보면 한심 그 자체다.

약속은 법이라고도 하지만 모든 교육의 기초며 이 사회를 살아가는 데 필요한 첫 단추라 할 수 있다. 이 시대 최고 지식인이라고 입으로만 떠들면 뭐하나? 이 시대의 최고 지식인을 가르치는 대학 교수라는 사람이 제자에게 약속의 중요성을 가르쳐야 할 자가 먼저 약속을 지키지 않는 것부터 가르친다면 그자가 과연 진정 대학 교수 자격이 있다고 할 수 있을까? 머릿속에 구구단이 가득하다고 지식인은 아니다. 모든 교육과 지식의 기초인 약속부터 지키지 못하는 사람이 어찌 제자들에게 올바른 학문을 가르칠 수 있겠는가.

국민의 세금을 단 한 푼이라도 월급으로 받는 자는 그 역시 공무원이다. 돈 먹고 그 자리에 앉았으니 그 모양 그 꼴이다.

간신배처럼 정치인에게 줄이나 서서 그 자리에 앉았으니 그 모양 그 꼴이고.

대학 교수라는 자들도, 정치를 하는 고위직 공무원들도, 심지어 국민을 대표하는 대통령까지 약속을 지키지 않는데 말단 공무원이야 말하면 무엇 하랴.

물론 이것도 국민들이 스스로 주인 역할을 못했기 때문도 있다. 다 국민들 탓이다. 스스로 공무원의 노예가 된 국민들 탓.

나는 그렇게 스스로를 탓하며 짜증스럽게 한마디 했다.

"일찍 오는 법이 없네요? 약속시간을 늘 지키지 않고 늦게 오네요?"

"에이, 겨우 10분 가지고 뭘 그래요?"

시청 직원이 손목시계를 들여다보며 그렇게 말했다.

"겨우 10분? 약속시간도 지키지 않는 것이 공무원 윤리입니까?"

내가 따지듯 물었다.

"아따! 10분 가지고 뭘 그래요? 미안해요, 늦어서……. 됐습니까?"

경찰이 인상을 팍 쓰며 한마디 했다.

"공무원들이 약속을 지키면 나라가 이 모양 이 꼴이 됐겠어요? 됐으니 조사나 하시죠."

나 역시 짜증스럽게 한마디 하며 앞장서서 문제의 임야로 향했다.

"칵! 퉤!"

뒤에서 침 뱉는 소리가 크게 들렸다. 나에게 화가 났다는 이야기일 것이다. 그래서일까. 그들 목소리도 커졌다.

"여기도, 저기도, 임야를 훼손한 것이 맞네. 200평이 아니라 400평은 되겠네."

"맞아! 여기도 훼손한 것이 맞네."

"여기 들깨는 누가 심었습니까?"

경찰이 내 등 뒤에다 큰소리로 물었다. 소나무 고사목을 제거해서 쌓아 두었다가 차량으로 실어 나르며 돌담장을 밀고 도로를 만들고 고사목 임시 야적장으로 쓰던 그 자리에 풀도 없이 흙만 보이니까 옆집에 사는 처제가 들깨 씨를 뿌려 놓은 모양이었다.

"흙만 있는 땅이니까 들깨 씨를 뿌린 모양인데, 그것도 불법입니까?"

내가 물었다.

"선생님 땅이 아니지 않습니까? 남의 땅에 주인 허락도 받지 않고 농사를 지으면 불법이지요."

"땅주인 찾아서 고발하라고 해."

경찰의 말에 덧붙이는 시청 직원의 말이 내 비위를 건드렸다.

"아, 그렇게 하시던가. 자기들이 저지른 만행 때문에 내 돈 들여 담장 복구를 하겠다는데 왜들 시비인지 모르겠네요."

그렇게 한마디 하자 화가 난 모양이었다.

"사진도 다 찍어 놨는데 무슨 헛소리요? 만행이라니? 우리가 무슨 담장을 훼손해요? 증거도 없이 어디서 그런 말을?"

"증거요? 여기 사실확인서 보여 드리죠."

나는 장비 기사에게 받은 사실확인서의 복사본을 그들에게 보여줬다.

그들은 갑자기 조용해졌다. 어디론가 전화도 걸고 자기들끼리 수근대더니 며칠 후 다시 조사하겠다는 말을 남기고 떠났다.


그렇게 콩과 참깨를 심을 시기도 놓쳐버리고 우리 밭에는 아무것도 심지 못하고 있었다. 이제 공무원들의 직권남용죄를 더욱 확고하게 입증시킬 수 있게 되었다.


첫사랑 이야기.

아내와 가족에게 하지 못했던 그 나머지 이야기는 사실 처참하게 끝났었다.

은지와 나는 그녀가 정성스레 만든 음식은 다 식게 놔두고 뜨겁게 서로의 몸을 탐하며 하나가 되어갔다. 그때는 그녀와의 달콤한 사랑. 언제까지 쭉 이어질 것 같았던 그 첫사랑이 그날 그 달콤함을 끝으로 막을 내릴 줄 몰랐다.

은지와 한 몸이 된 후 그녀가 준비한 음식과 와인을 마시고 2차 섹스를 즐긴 후 은지가 곤히 잠든 것을 확인한 나는 건축현장을 지키기 위해 나의 공부방으로 돌아왔다. 그런데 나는 돌아오면서 실수로 지갑을 그녀 방에 떨어뜨리고 왔다.

그 때문인가. 그녀와의 이별은 그렇게 시작되고 있었다.


다음날 아침 은지는 학교를 가면서 나에게 인사를 했다.

"오빠, 이따 봐!"

"응, 그래. 학교 잘 다녀와."

그녀와의 인사. 그것도 그게 마지막이었다.

그날 오후. 은지가 아직 학교에서 돌아오지도 않은 시각. 갑자기 경찰들이 공부방에 들어와 자다 깬 나에게 수갑을 채웠다.

"무슨 일입니까?"

"무슨 일? 이 도둑놈의 새끼."

경찰의 주먹이 내 복부를 강타했다.

"윽! 뭡니까?"

나는 비명을 지르며 화를 냈다.

"이런 도둑놈의 새끼가 뭘 잘했다고."

경찰의 손바닥이 내 뺨을 연속 두 번을 강타했다.

"악! 아! 진짜 뭐냐고?"

너무도 화가 나서 경찰들을 뿌리치며 소리를 확 질렀다.

"개새끼 뒈지려고 환장했어?"

주먹으로 내 머리를 때리는 줄 알았는데 보니 권총이었다. 경찰은 다시 권총으로 내 머리를 때리며 들이댔다.

"순순히 따라와! 확 쏴버리기 전에."

"무슨 일인지는 알아야 할 것 아닙니까?"

"이 새끼야! 네가 동명연립 301호 털었잖아, 도둑놈의 새끼가."

경찰이 내 멱살을 움켜쥐고 입에 침을 튀겨가며 말했다.

"동명연립 301호? 아! 은지네 집. 거기 도둑이 들었어요?"

"도둑이 들었어요? 네가 털었잖아, 이 새끼야!"

"무슨 말입니까? 내가 무슨?"

"야! 이게 네 지갑이 맞지? 네 주민등록증이 있으니 부인은 못하겠지? 개새끼!"

경찰은 눈앞에 내 지갑을 들이대고는 욕설과 함께 다시 주먹을 날렸다. 나는 개처럼 질질 끌려서 경찰차에 태워졌고 파출소로 끌려갔다.

"훔친 장물 어쨌어?"

경찰은 내 말은 듣지 않고. 내가 범인이라는 확정을 내린 상태였다. 오로지 훔친 장물의 행방만 묻고 있었다. 대답을 하지 않으면 무조건 주먹이 날아왔다. 정말 엄청 많이 맞았다.

"이 사람이 도둑인가요?"

바로 은지 어머니가 파출소로 찾아와 경찰에게 물었고 경찰은 그렇다고 잘라 대답을 했다.

"오빠가 그럴 줄은 몰랐어. 흑흑……."

밤중에 유치장에 있는 나에게 은지가 찾아와 울며 돌아갔다. 나는 경찰들에게 맞아 얼굴도 퉁퉁 부어 있었고, 복부도 아프고, 입술도 터져 말조차 제대로 꺼낼 수 없었다.

"좀 이상하단 말이야."

경찰 하나가 유치장 앞에서 나를 살펴보며 고개를 갸웃했다.

"뭐가 이상해?"

동료 경찰이 물었다.

"저 몸으로 어떻게 250미리 쓰레기 버리는 파이프를 타고 침입했지."

"무슨 소리야?"

"동명연립 301호 말이야. 외부로 침입한 흔적은 오로지 쓰레기를 3층에서 1층으로 버리는 250미리 파이프라인뿐이거든."

"다른 곳이겠지. 잘못 안 것 아니야?"

두 경찰들이 나누는 이야기에 문득 그날 그 북어 같은 남자가 생각났다.

"저기요……."

나는 힘겹게 입을 떼고 모기소리 만큼 작은 소리로 경찰을 불렀다.

"뭐야?"

다행히 내 말을 들은 모양이었다.

"내가 범인을 알고 있어요."

나는 힘을 주고 말했다.

"뭐라? 범인을 알고 있다고?"

"그래요. 그날 아침부터 수상한 남자가 그 연립 뒤편을 서성이기에 유심히 살폈는데 덩치가 어린아이 같은 깡마른 남자였어요. 그 남자라면 분명 250미리 파이프 속이라도 들어갈 수 있을 겁니다."

"이 새끼야! 그걸 왜 이제 말해?"

"확실하지가 않아서……."

"그래? 확실하지가 않다? ……됐어."

경찰은 별로 더 듣고 싶지 않은 듯 가려고 했다. 확실하지도 않은 나의 이야기를 듣고 다시 수사를 하고 싶은 마음이 없다는 뜻이었다. 이미 나에게 범인 누명을 씌워 해결한 사건을 다시 귀찮게 뛰어다니고 싶은 마음이 없기 때문이다.

"그자가 사는 집도 미행해서 알아놨어요."

"뭐라? 그게 정말이야?"

경찰이 관심을 보이며 다시 유치장으로 바싹 다가왔다.

"네. 저랑 같이 가시면 돼요."

"알았어! 나와!"

경찰은 나를 유치장에서 꺼내줬다.

"이 새끼, 거짓말 하면 뒈진다!"

또 다른 경찰은 나에게 협박을 하며 때리는 시늉을 했다.


경찰을 데리고 간, 그 깡마르고 북어 같은 사람이 사는 지하 방에는 다른 곳에서도 훔친 장물들이 가득했다.

"완전 창고구만. 도둑놈 창고야."

"이 새끼! 여기가 네놈 집이지?"

경찰 하나가 다시 날 의심했다.

"아니라니까요. 그 사람을 잡으면 되잖아요."

내가 말했다.

"놈이 또 작업을 나간 것 같으니 오늘 밤은 여기서 잠복하고 이 친구는 일단 유치장에 넣어."

경찰 하나가 동료에게 말했다.

그날 밤.

난 유치장에서 잠을 자야 했고 다행히 또 다른 곳을 털고 돌아온 도둑은 경찰들에게 잡혔다.

"재수가 없었다고 생각해."

경찰이 나를 유치장에서 꺼내주며 한다는 말은 고작 그게 전부였다.


공부방으로 돌아온 나는 이유야 어찌됐든 도둑으로 몰린 그 하룻밤 사이에 건축현장 사장으로부터 해고를 당했고 억울하게 누명을 썼다는 하소연 역시 받아들여지지 않았다. 은지 어머니 역시 다시는 내 얼굴은 안 봤으면 좋겠다고 했고 은지도 다시는 내 앞에 나타나지도, 연락을 하지도 않았다.

그렇게 난 그곳을 떠나 자취방으로 돌아갔다.

지금처럼 개인에게 휴대폰이라도 있는 시대였다면 대화를 할 수 있어서 은지와 헤어지지 않을 수 있었을까?

나의 첫사랑 손은지. 그녀는 그렇게 내게서 떠나갔다.

제4장 　원흉을 찾아서

수없는 협박과 회유. 나에게 사실확인서를 써준 장비 기사는 수시로 경찰과 시청 직원이 전화를 걸어 협박과 회유를 한다면서 제발 자기는 이번 사건에서 빼달라고 했다. 나는 불쌍한 장비 기사를 이번 사건에서 빼줘야겠다고 생각했다.

"전 죄송하지만 발을 빼고 싶네요."

"그렇게 하세요. 어차피 없어도 되는 사실확인서니까. 그들이 고사목 제거를 하면서 우리 담장을 훼손했다, 그걸 밝히려는 것은 아니거든요. 나야 죄가 없으니 이번엔 그들이 억지로 내게 죄를 뒤집어씌우진 못할 겁니다. 내가 그냥 놔두고 당하진 않을 테니 말입니다. 그러니 발을 빼셔도 됩니다."

"죄송합니다."

"죄송하긴요. 괜찮아요. 마음에 두지 마세요."

장비 기사와 나는 그렇게 전화로 이야기를 나눴다.

어차피 수많은 사람들이 그 고사목 제거 작업에 투입되었다. 장비 기사는 물론 용역들도 많이 투입됐다. 고사목 하나 제거하면서 그들은 어깨에 힘을 주고 다녔다. 마치 나라를 위해 대단한 일이라도 하는 것처럼 큰소리를 쳤다.

"소나무 토막 하나라도 건드리면 2천만 원 벌금입니다."

그렇게 엄포를 놓았다. 무슨 2천만 원이 뉘 집 애 이름인가.

어느 단체에서 플랜카드를 길가에 걸어 놓은 것을 보니 고사리를 채취하다가 꿩알을 발견하고 가져가면 2천만 원 벌금형에 처한다고 했다. 단체 이름이 야생동물 관리단체라 했다. 야생동물 관리단체면 이름 그대로 야생동물을 관리해야 할 터, 꿩이 농작물을 다 파먹고 다니는데 그건 관리를 잘못한 것이 아닐까? 그럼 그 벌금은 얼마인가? 그들에게 묻고 싶다. 또한 야생동물이 농작물을 해치면 그 보상을 할 것인지도 묻고 싶다.

같은 맥락으로 소나무 고사목 토막을 화목으로 쓰다 걸리면 2천만 원 벌금이라 한다면 세금만 낭비하고 재선충 방제를 잘못해 수만 그루의 소나무를 죽게 만든 산림청은 어떤 처벌을 받아야 하며, 고사목 제거를 하고 그 나무토막을 제대로 회수하지 않아 방치한 죄는 어떤 처벌을 받아야 할까. 그들이 고사목을 제거하고 가져간 자리엔 나뒹구는 나무토막과 가지들이 널려 있었다.

그들은 그렇게 엄포를 놓으며 오래 전에 보일러 화목으로 쓰려고 모아둔 화목까지 모조리 실어갔다. 소나무 화목이란 이유였다. 그 화목을 싣고 가기에 몰래 따라가 보니 돼지불고기 집에 화목으로 팔아넘기고 있었다. 딱 걸린 당시의 용역들. 난 그들을 다시 찾아갔다.

"소나무 재선충 고사목 작업을 하면서 우리 돌담을 훼손한 사실을 알고 있었으니 그 사실확인서를 좀 써 주시오."

나의 요구에 그들은 당시 지은 죄가 있어서 그런지 두말없이 사실확인서를 써서 줬다.

사실 나는 그 사실확인서를 사용할 생각은 없었다. 만약을 위해 보관만 하려는 것이었다. 그것보다 중요한 것은 바로 공무원들을 마치 자기 종업원처럼 이용한 원흉, 그자를 찾는 것이었다. 다른 자들은 이미 조사를 통해 다 혐의 없음을 알기에 마지막 남은 납읍리 사무소 근처 2천여 평 토지를 소유하고 건물을 수리한 그 공무원, 그가 범인인지 아니지 그 사실부터 확인하고 원흉이라면 그 증거를 찾는 것이었다.

그러나 그가 공무원이란 사실만 확인하고 어떤 사실도 밝힐 수는 없었다.

나는 보통 하루에 제주도를 한 바퀴는 돌아다닌다. 석공들 일거리를 얻어오기 위해서였다.

비가 추적추적 내리던 초여름.

애월에서 한림으로 향하던 나의 눈에 한 사람이 들어왔다. 아니 두 사람이었다. 승용차에 같이 탄 두 사람, 바로 H읍 산업계 그 공무원과 납읍리 사무소 근처 문제의 원흉으로 보이는 그 공무원이었다. 둘은 다정하게 이야기를 나누며 제주시 방향으로 달리고 있었다. 나와는 반대 방향 차선이었다. 나는 얼른 차를 유턴해서 그들의 차를 따라갔다.

워낙 하루에 많은 거리를 돌아다니는지라 일거리뿐만 아니라 정말 다양한 것이 눈에 들어온다.

용흥리에 본적을 둔 강 씨 성을 가진 석공이 있었다. 젊은 석공인데 공무원들에게 뇌물을 잘 주고 관급 공사를 많이 맡아 했다. 그런 그가 나에게 스승이 되는 두 노인의 임금을 갈취하고 도주했었는데 제주대학에서 교도소 방향으로 지나가던 중 우연히 그 석공이 운전하던 차가 내 눈에 띄어 2년 만에 붙잡히기도 했다.

두 공무원들도 그렇게 우연히 내 눈에 띄었던 것이다.

그들이 가는 곳은 신제주에 있는 대형 흑돼지 고기집이었다. 오후 6시가 다 되어 가는데 저녁을 먹을 모양이었다. 그들이 같이 있는 것만 확인했으면 됐지 식당까지 따라 들어갈 필요는 없었다. 사진을 찍어봐야 그냥 친구라 하면 그만이고 그들이 음식을 먹는 자리에서 녹취가 가능할 정도로 큰소리로 자신들이 원흉이라고 떠들지는 않을 것이기 때문이다.

나는 그냥 집으로 돌아왔다.


그렇게 행정직 공무원과 싸우면서도 나는 경찰서 게시판에 글을 올렸다.

신호체계의 문제점과 경찰들의 불법 단속에 대한 내용이었다.

80킬로미터 주행속도에서 60킬로미터로 주행 속도를 바꾸려면 미리 그 이유와 바뀐다는 안내판이 있어야 하는데 그것도 없이 바뀐다는 글을 올리자 250미터 전방에 안내판이 있다는 답변이 올라왔다. 그래서 나는 200미터 지점에서 좌회전하는 차량은 그 안내판을 볼 수 없다는 내용으로 경찰의 답변에 반박했다.

그게 경찰들 자존심을 건드렸을까. 그때부터 경찰들이 우리 집 주변에 순찰을 나왔다며 자주 돌아다녔다. 집에도 찾아와서 그냥 지나가다 들렀다고 말하며 집이 좋으니, 집터가 좋으니 하는 것이었다.

그러다가 우스운 일이 하나 터졌다.

모래와 시멘트를 우리 사업장에 대주는 재료상이 운전을 하다가 애월읍 쪽에서 신호위반을 하다가 경찰 단속에 걸린 모양이었다.

"어? 한림이네! 혹시 아름다운돌담 알아요?"

경찰이 그 재료상에게 물었다는 것이다.

"알지요. 제가 시멘트와 모래를 납품하고 있어요. 어떻게 아름다운돌담 사장님을 아세요?"

하고 재료상이 물었단다.

"알죠. 우린 아주 친해요. 친해도 너무 친하죠. 친구에요, 친구."

경찰이 그렇게 대답하며 스티커를 끊어 줬다는 것이다.

"경찰과 잘 아신다면서요?"

그 재료상이 내게 그 스티커를 들고 와서 하는 말이었다.

"무슨 경찰을요?"

"애월에서 신호위반에 걸렸는데 그 경찰이 사장님을 잘 안다고 하시던데요?"

그 말을 듣고 문득 생각나는 것이 있었다.

집 구경 왔다고 들린 경찰에게 내가 책을 한 권씩 준 일이 있었다.

"아, 소설가셨구나."

그러면서 서로 명함을 주고받았는데 아마 그 경찰 같아서 안다고 대답했다.

"그럼 이것 좀 해결해 주세요. 부탁해요."

그러자 재료상이 내게 스티커를 해결해달라는 것이었다. 황당한 부탁이라 거절하자 몹시 서운한 표정으로 돌아갔다. 그리고 오랜 시간이 지났는데도 아직 그 섭섭함을 가끔 드러내곤 한다. 사실대로 말을 해도 왜 내 말은 믿지 못하는지, 자기가 신호를 위반해서 범칙금 스티커를 받고는 내가 그것을 해결해 줄 수 있는데도 안 해 줬다는 것이 서운하다는 것이었다.

국민이 스스로 주인 역할을 하려면 그 자세부터 고쳐야 한다. 자신이 지은 죄를 면하려고 부정한 방법부터 찾아 공무원에게 뇌물이나 청탁을 한다면, 그것은 스스로 노예의 길로 가겠다는 한심한 생각이기 때문이다.

신호위반 스티커가 겨우 6만 원이다. 그 6만 원을 내기 싫어서 청탁부터 생각한다면. 그건 이미 주인 된 국민 자격을 스스로 버리는 행위다. 자신이 주인인데 겨우 6만 원 때문에 노예가 되겠다는 것인가?

6만 원보다 많은 몇 십, 몇 백만 원의 벌금을 내기 싫어서 주인이기를 포기하는 국민이 허다하다. 주인 자리는 겨우 몇 십, 몇 백만 원 때문에 포기할 수 없는 고귀한 자리다. 아니 그보다 더 많은 돈이라고 해도 마찬가지다.

주인된 국민 자격은 민주주의 국가에서나 가질 수 있는 너무도 소중한 자리라는 것을 알아야 한다. 그래야 공무원들의 노예가 되지 않는다.


　○월 ○일 11시 반.

　다시 경찰과 장비 기사 그리고 시청 직원이 그날 문제의 임야에서 만나자고 했다.

　11시 30분. 정말 이번엔 시간 약속을 지킬까?

　정확하게 약속시간에 도착한 사람은 장비 기사뿐이었다. 경찰들은 이번에도 15분이나 늦게 도착했고 시청 직원들은 25분이나 늦었다.

　"뭐 공무원들은 약속은 지키지 않아도 되는 사람들이군요."

　화가 난 내가 빈정거렸다.

　"아, 바쁘니까 그렇죠."

　시청 직원들 입에서는 미안하다는 말보다 변명이 먼저 나왔다.

　"누구는 안 바쁩니까? 약속은 지키기 위해 하는 것입니다. 국민들만 지키고 공무원들은 지키지 않아도 되는 것이 약속인 줄 착각하시는군요?"

　"누가 뭐 그렇답니까?"

　"꽤 딱딱하시네. 누가 불법으로 임야를 훼손하랍니까? 바쁜 사람들 왔다 갔다 하게?"

　내가 쏴붙인 말에 기분이 상했다는 투로 오히려 한마디 하는 시청직원이었다.

"불법? 국민들 사유 재산인 담장을 마구잡이로 훼손하고 그냥 도망간 주제에 누구 보고 불법?"

내가 언성을 높였다.

"아! 됐어요, 그만해요. 조사하면 다 나올 것을 가지고. 거기 장비 기사님! 이리 와요."

경찰이 회심의 미소를 입가에 띠며 장비 기사를 불렀다.

"아, 네!"

장비 기사가 얼른 대답하며 경찰에게 달려갔다.

"여기 담장을 훼손한 사실이 없지요?"

경찰이 자신들이 원하는 답을 얻기 위해 그 방향으로 질문을 던지며 유도하고 있었다.

"네!"

장비 기사가 경찰이 유도하는 질문에 무조건 네, 네 하며 대답했다.

"여기 담장들을 놔두고 장비로 나무만 집어 차에 실었지요?"

"네, 네!"

장비가 집을 수 있는 거리가 담장 너머로 5미터도 되지 않는다. 사람들이 도저히 들 수 없는 나무들을 몇 십 미터씩 사람 힘으로 날랐다는 말인데, 억지도 그런 억지가 없다.

“몇 십 미터를 사람들이 날랐단 말인가요?”

내가 얼른 끼어들어 질문을 던졌다.

“다른 장비들도 있었지요?”

“아, 네!”

내 물음에 답은 못하고 경찰은 장비 기사에게 다른 대답을 유도했다.

“다른 장비들이 담 너머로 들어가고 ○○○씨는 담을 넘어가지 않았지요?”

“네, 네!”

결국 경찰이 유도하는 답은 하나였다. 나에게 사실확인서를 써 준 장비 기사는 담장을 훼손하지 않았고 담장 너머로 들어간 사실이 없다. 담장을 훼손한 것은 다른 장비 기사다. 그리고 그 장비 기사 입은 이미 경찰들이 막아 놓았다. 그들은 나의 사실확인서 한 장만 무용지물로 만들겠다는 생각이었다.

“하하. 이 사실확인서를 무용지물로 만들겠다, 이겁니까? 사실확인서를 쓸 사람이 어디 장비 기사뿐입니까? 수많은 사람들이 투입되었고 그들이 다 보았는데?”

내가 의미 있는 말을 던지자 그들의 표정이 살짝 굳어졌다.

“사실확인서를 몇 장이나 받아 놓으셨습니까?”

은근슬쩍 경찰이 내게 물었다.

"많지요."

나도 더 이상 사실을 알려주지 않겠다는 대답이었다.

"아! 있으면 다 보이고 말씀하셔야지, 조사를 나올 때마다 하나씩 터뜨리시면 이 사건 언제 끝나요? 얼른 끝내고 농사를 지으셔야 하지 않겠어요?"

경찰이 나를 회유하기 시작했다.

한 번에 다 보이고 할 말을 다 하면 바로 걸려든다. 지금 장비 기사처럼 어떻게 하든 그 진실을 번복하게 만드는 것이 그들이다. 절대 한 번에 다 털어놓을 필요가 없다.

어차피 공무원들과 싸움을 시작했다면 그것은 시간 싸움이다. 한 번에 시시콜콜 다 말하면 그들은 그 사실을 감추기 위해 갖은 방법을 다 동원해서 결국 증거들을 무용지물로 만들고 만다. 그러니 하나씩 그들에게 나의 패를 보이며 그들이 대처하는 대로 다른 것을 또 하나씩 내줘야 한다. 계속 숙제를 줘야 그들도 지치고 짜증내며 빈틈을 보이게 된다. 바로 그 빈틈을 나는 놓치지 말고 파고들어야 승산이 있는 것이다. 또한 그들이 자신들이 원하는 답을 얻으려고 질문을 교묘하게 유도하듯이 나 역시 참고인들에게 그렇게 질문을 할 필요가 있다.

나에게 더 많은 사실확인서가 있을지도 모른다고 판단한 그들은 다시 머리를 맞대고 속닥거리더니 다음에 담장 보수를 위해 내가 토지 경계를 정리하라고 시켰던 장비 기사를 참고인으로 불러 같이 현장 조사를 하겠다며 그냥 돌아갔다.

그들이 사실확인서를 무용지물로 만들려는 속셈으로 장비 기사에게 던지는 유도 질문을 보며 나도 묘안이 떠올랐다.

바로 공무원들을 자기 수족처럼 부려먹은 그 문제의 원흉, 납읍리 사무소 근처 그 공무원에게서 증거를 확보할 묘안이 떠오른 것이다. 경찰이나 시청 공무원들이 나에게 올가미를 씌울 생각으로 내게 사용하는 그 방법들을 그들과 싸움에서 하나씩 배우고 있는 것이었다.

우리나라엔 200만 명이 넘는 공무원이 있다고 한다. 나라를 지키기 위해 노력하는 군인들까지 포함시킨 숫자일 것이다.

공무원이라고 해서 다 비리를 저지르고 부조리를 직권남용을 하는 것은 아니다. 군인과 소방공무원, 우편배달부, 해경 등 많은 공무원들이 정말 맡은 바 임무를 해내느라 고생하고 있다. 경찰들 역시 범죄자들과 전쟁을 하며 목숨까지 위협당하고 있으며 국민의 삶의 질을 높이려는 분야별 일반 행정 공무원들도 맡은 바 임무에 충실하고 있다.

하지만 그 속에는 아직도 일본군 앞잡이들의 피와 속성을 그대로 물려받은 독버섯 같은 공무원들이 있으니 이 책이 바로 그들과의 싸움을 그린 것이다.

박정희 정권에서 과거사를 제대로 처리하지 못한 과오가 남긴 폐단이 바로 그들이라고 생각한다. 그때부터 국민을 알기를 노예로 생각한 일부 공무원들이 국민 위에 군림한다는 생각으로 국민의 재산을 교묘한 방법으로 착취하기 시작했으며 심지어 국민들 생명까지 해치는 사악함마저 드러내고 말았다.

4·3 제주도 양민 학살 사건과 5·18 광주 민주화 운동이 바로 그 대표적인 예라 할 수 있다. 정권을 잡고 그들 말대로 국민을 지배하려는 자가 되기 위해 국민 생명쯤이야 우습게 생각하고 수많은 국민들을 죽인 살인마인 그 원흉은 아직도 법의 심판대에 오르지 않았다. 법 자체가 그들을 위해 존재하고 있으니 그렇다.

그들은 일본이 침략하여 나라를 삼켰을 때 나라를 위해 싸우지는 않고 오히려 일본군 앞잡이가 되어 국민들을 파리처럼 죽이며 자신들만의 삶을 영위했고 북한군이 남침하자 또 그들을 위해 빨갱이 노릇도 거침없이 행했다. 그들을 박정희 정권 때 다시 공무원 자리에 앉혀 놓아서 그 악랄함과 야비함이 유전적으로 내려오기도 하고 그들의 악행을 그대로 배운 후배 공무원들이 명맥을 유지하여 아직도 일부 못된 공무원이 있는 것이 아닐까 싶다.

경찰도, 군인도, 그들은 오로지 자신들 영락을 위해 자신들의 힘을 이용했다. 그 힘을 이용해 국민들을 죽인 사태가 바로 4·3 과 5·18이다. 그리고 아직도 사건의 원흉은 그들이 제 식구 감싸기 위한 그 허무맹랑한 법으로 보호하고 있다.

다랑쉬오름 옆에는 다랑쉬굴이라는 곳이 있다. 다랑쉬굴에 관한 이야기는 하도리에서 만난 87세의 E할아버지의 말을 인용한 것이기에 사실 여부가 확인된 것은 아님을 미리 밝혀둔다.

하도리 일대의 일가친척들로 구성된 열한 명의 가족들.

그들은 이승만 살인집단의 총칼을 피해 사람 하나 겨우 들어갈 수 있는 입구만 있는 다랑쉬굴 속에 숨어 있었다.

4·3사건은 소위 말하는 대한민국 상위 1프로 집단이 자신들의 자리를 지키기 위한 수단으로 국민을 학살한 대표적인 사건이다. 전두환 수하 살인집단이 저지른 5·18 광주 사건도 있지만 여기는 제주도이므로 제주도에서 일어난 4·3사건의 가슴 아픈 이야기 하나를 풀어내고자 한다. 나랑쉬굴에 얽힌 이야기를 통해 대한민국 상위 1프로라는 자들이 자신의 자리를 지키려고 어떤 만행을 저질렀는지 알리고 싶다.

미리 이야기하지만 법이란 것이 힘없는 자들에겐 가혹하게 적용되지만 힘 있는 자들에겐 너무도 큰 아량을 베풀고 있다.

전두환도 그렇고 이승만도 그렇다. 이승만이 정권을 유지하려고 저지른 만행이지만 소위 말하는 대한민국 1프로라는 자들이 다 이승만 패거리인데 그를 벌 줄 리 없다. 전두환도 마찬가지다. 전두환이 정권을 차지하려고 저지른 만행이 5·18이란 것은 국민들이 다 알지만 대한민국 상위 1프로들이 다 같은 패거리인데 전두환을 벌 줄 리 없다.

다랑쉬굴에 들어간 열한 명의 가족들은 잠깐 피하기만 하면 살아날 수 있을 것이라는 생각에 가지고 들어간 양식은 며칠만 연명할 수 있는 정도뿐이었다.

"아빠! 배고파."

며칠이 지나자 어린 자식들은 배고프다고 떼를 썼다. 밖으로 나가면 죽음을 피하기 어렵다는 것을 알면서도 배고프다고 보채는 자식들을 생각하며 죽음을 무릅쓰고 양식을 가지러 동네로 내려간 아버지.

"빨갱이 새끼들이 어디 숨었는지 신고하는 사람은 진급을 시켜 주겠다."

이승만과 이기붕이 보낸 깡패들은 마치 자신들이 이 나라 주인이라도 된 것처럼 공무원들에게 이렇게 공표했다.

마을 사람들이 빨갱이가 아니라는 것을 뻔히 알지만 하나 신고하면 과장으로, 또 하나 신고하면 부장으로, 더 신고하면 면

장으로 진급된다는 말에 눈이 시뻘게져 국민들 죽이는 데 앞장
섰던 공무원 눈에 배고프다는 가족들의 먹을거리를 찾아 마을
로 내려왔던 아버지가 눈에 띄었다.

"와! 이게 무슨 횡재냐."

부모 역시 일본군 앞잡이로 수많은 국민들을 죽음으로 내몰
며 순사 노릇을 했으니 그 피가 어딜 가겠는가. 평소 안면이 있
고 가까이 지내던 이웃 주민이었지만, 면장 자리를 얻을 수 있
다는 생각에 눈이 뒤집힌 공무원은 양심 따위는 이미 잊은 지
오래였다.

그는 양식을 들고 돌아가는 아버지 뒤를 살금살금 미행을 해
서 다랑쉬굴을 알아냈다. 평소 같이 웃고 대화를 하던 이웃 주
민의 얼굴은 이제 그의 눈엔 면장 자리를 받기 위한 제물로만
보였다.

"으하하! 이제 드디어 난 면장이 된다."

그는 그길로 쉬지 않고 달려가 이승만과 이기붕이 보낸 깡패
들에게 다랑쉬굴을 밀고했다. 그리고 친히 숲을 헤치며 다랑쉬
굴까지 깡패들을 인도했다.

"거기, 거기. 숨어 있는 거 다 알아! 얼른 나와! 지금 나오면
살려는 줄게."

거우 사람 하나 엎드려 기어 들어갈 수 있는 입구라 깡패들

도, 출동한 이승만과 이기붕 일당의 하수인 경찰들까지도 동굴로 들어갈 엄두는 내지 못하고 가족들을 회유하기 시작했다.

그러나 어차피 나가도 죽는다는 것을 알고 있는 열한 명의 가족들은 동굴을 나가지 않았다.

"오소리 잡을 때 쓰는 방법을 사용하면 될 겁니다."

면장 자리가 탐났던 공무원은 굴에다 연기를 피우라고 친절하게 알려주었다. 우선 사람들이 나와야 자신이 신고한 것이 맞았다는 증거가 되고 진급을 보장받을 수 있는데. 다랑쉬굴에서 아무도 나오지 않고 소리도 들리지 않으니 잘못하면 진급하지 못할 수도 있기 때문에 연기를 피울 것을 알려주는 치밀함을 보인 것이다.

"가서 마른 나무를 구해 와!"

깡패들은 거만하게 연기를 피울 것을 알려준 공무원에게 나뭇가지를 구해올 것을 요구했다.

그 공무원은 부지런히 주변을 돌아다니며 마른 풀들과 나뭇가지를 구해 와서 불까지 피웠다. 그러나 동굴 입구가 휘어지면서 아래로 내려간 탓에 연기가 쉽게 굴속으로 들어가지 않았다. 공무원은 애타는 마음에 부채질까지 하며 굴속으로 연기를 밀어 넣으려고 애썼다.

"수류탄을 집어넣어."

깡패들이 경찰들에게 명령하자 경찰들은 일제히 수류탄을 굴 속으로 굴려 넣었다.

쾅! 쾅! 쾅!

수류탄이 터지며 동굴 입구가 무너져 내렸다.

열한 명의 가족들은 생매장이 됐으며 가족들을 목숨과 면장 자리를 바꾸려던 공무원은 면장 자리가 날아가는 순간이었다. 사람이 굴속에 있었다는 증거가 없는데 그들이 면장 자리를 주 겠는가.

"저…… 면장 자리는?"

애타는 마음에 공무원이 깡패 두목을 바라보며 더듬더듬 물 었다.

"개새끼. 어디서 허위 신고를 해."

깡패 한 놈이 욕설과 함께 권총을 공무원에게 겨누고는 사정 없이 방아쇠를 당겼다.

탕! 탕! 탕!

열한 명이나 되는 이웃을 죽음으로 내몰면서까지 면장 자리 에 앉고 싶었던 공무원은 머리와 가슴에 권총을 맞고 그 자리에 서 죽고 말았다.

이승만과 이기붕이 보낸 깡패들이 처음으로 좋은 일 하나를 한 셈이었다. 일본군 앞잡이 노릇을 하며 부귀영화를 누려온 일

가의 공무원 하나를 제거했으니 말이다. 이는 후일 쿠데타를 일으켜 군사정권을 잡은 박정희도 하지 못했던 일이다. 당시 대한민국 1프로들이 대부분 일본군 앞잡이 노릇을 하며 그 자리를 지키던 자들이었으니 자신들 손으로 자신들을 제거할 리 없었던 것이다.

아무리 막강한 힘을 가진 대통령이라 해도 혼자 힘으로 할 수 있는 것은 아무것도 없다. 소위 말하는 대한민국 상위 1프로라는 자들이 협조하지 않으면 될 일이 아니었다.


일제 강점기, 6·25전쟁. 그 참혹한 시대에도 같은 국민들 편에 서지 않고 오로지 자신들 부귀영화를 위해 국민들의 목숨을 노렸던 상위 1프로라 자처하는 자들이 아직도 그 무리들 속에 기생하고 있다면. 나에게 자신들을 감히 질책했다는 이유로 복수하겠다는 공무원들은 그 못된 습성을 이어받은 자들이 아닐까?

나는 그 못된 습성을 이어받은 원흉인 문제의 공무원에게서 증거를 확보하려고 전화를 걸었다.

"아, 여보세요? 오랜만이죠?"

내가 먼저 말을 걸었다.

"네, 오랜만이네요."

그가 대답했다.

"요즘 어떻게 지내세요?"

"아, 그냥 그렇게 지냅니다."

"먼저 집수리를 해드리고 임금 문제로 싸워서 화가 많이 나셨나 봐요?"

"아, 아닙니다. 그 문제야 제가 관련된 것은 아니고 하청업체에서 잘못한 것인데 뭘요."

그는 아직도 자기 집수리를 시키고 임금을 주지 않으려고 했던 사실을 하청업체 잘못으로 돌리고 있었다. 전형적인 못된 공무원들의 수법 중 하나다.

자신이 집수리를 어떤 업체에 맡겼다 하더라도 임금 문제는 업체에 떠넘기지 말고 지급하는 것이 도리다. 특히 자신이 일을 해 달라고 부탁한 일이기에 더욱 그렇다. 그리고 추후 금전적인 문제는 그 업체와 해결하면 되는 것이다. 자기 집수리를 한 일꾼들 임금을 자신은 모른다 하고 물러서는 것부터가 바로 공무원들이 국민들 목숨을 해치고 그 문제를 지시에 의해 현장에 투입된 군인들 혹은 경찰들에게 뒤집어씌우고 자신은 모른다 하는 행태와 조금도 다르지 않다.

원흉은 그 사건으로 인해 누가 가장 많은 이득을 봤느냐? 하는데 해답이 있다.

4·3으로 인해 누가 가장 많은 이득을 챙겼나? 5·18로 인해 누

가 가장 많은 이득을 챙겼나? 여기에 그 원흉이 있고 그 사실을 국민들은 다 안다. 다만 그들을 감싸주려는 그 허무맹랑한 법과 공무원들만 모를 뿐이다.

다시 통화는 계속됐다.

"H읍 산업계 공무원과 친구라면서요?"

"네, 그렇습니다."

"이제 그만 화 푸시고 그만하시죠?"

"네? 아, 네!"

"먼저 일은 잊고 이제 그만하시는 겁니다."

"아, 네! 그래야죠."

"그럼 그렇게 믿겠습니다."

"네, 네!"

나의 유도 질문에 그는 스스로 자신이 원흉임을 시인하고 말았다. 그리고 그건 중요한 증거로 아직 남아 있다.

자신의 집수리를 한 일꾼들의 임금을 주지 않으려고 하다가 일어난 말다툼. 그것에 앙심을 품고 우리의 해당 관청에 근무하는 친구에게 '가서 아름다운돌담 좀 박살내줘.' 하는 청탁을 한 그도 사라져야 할 공무원이지만 친구 부탁이라고 자기 부하 공무원을 수족처럼 이용해 월급을 주는 주인을 물려고 한 그 친구도 바로 못된 습성을 물려받은 사라져야 할 공무원이다. 또한 그들을 알면서도 도와 자신의 주인을 범법자로 만들려고 온갖 수단을 다 동원하는 시청 공무원과 경찰까지 같은 부류로 봐야 할 것이다. 거기에 지원사격을 한답시고 나와서 협박까지 하던 동료 공무원들도 추가해야 한다.

아무튼 소중한 증거를 확보했으니 이젠 그들이 나에게 씌우는 혐의를 벗어나는 일만 남았다.

물론 미리 그들이 참고인으로 부른 장비 기사를 만나 의견을 조율하는 방법도 있지만 그건 적절치 못한 방법이다. 되레 그들의 올가미에 걸려들 수도 있었다. 미리 그들이 내세운 참고인에게 전화를 걸어 만난다는 것은 그들이 바라는 것이 될 수도 있기 때문이다.

그래서 내가 내세운 참고인의 사실확인서를 무용지물로 만들 때 쓰던 그들의 방식을 조금 차용하기로 했다.

그들과의 약속, 아니 그들이 지켜야 할 마지막 약속시간. 그것은 과연 이번엔 지켜질까. 지켜보기로 했다.

미리 10분 전에 현장에 나오니 그들이 참고인으로 소환한 장비 기사가 나와 있었다. 조금 소심한 편인 장비 기사는 경찰이 불렀다는 이유로 몹시 불안해하고 있었다. 그렇다고 경찰과 시청 공무원이 오기 전에 현장을 같이 둘러보며 이야기를 하는 것도 위험할 것 같아서 그와의 대화도 그냥 인사 정도로만 하고 말았다.

"무슨 일로 절 불렀대요?"

장비 기사는 불안한 표정으로 나에게 물었지만 난 사실조차 대답해 주지 않았다.

"글쎄요……. 오면 알겠지요. 기다려 봅시다."

그것이 나의 대답 전부였다.

이러쿵저러쿵 사실 이야기를 하다 보면 나중에 공무원들의 질문에 그 장비 기사가

"이분이 저에게 미리 이야기를 했어요."

라고 하거나

"이분이 공무원들 오시기 전에 저에게 이런 말을 했어요."

라고 하면 꼬투리를 잡힐 것이므로 나는 입을 다물었다.

역시 공무원들은 마지막까지 약속시간을 지키지 않았다. 습관이 된 걸 하루아침에 고칠 수 있겠는가.

이번엔 경찰과 시청 직원이 나란히 같이 왔다. 무려 15분이나 지나서 말이다. 하지만 이번엔 좀 나아진 것이 하나 있었다.

"어이쿠! 이거 미안합니다. 약속시간에 오려고 했는데. 바쁜 일이 있어서."

변명이라도 한다는 것이 그나마 변한 모습이다. 몇 번 만나며 내가 약속시간에 대하여 잔소리를 했던 결과물이었다. 공무원

사회가 지금까지 그 누구도 약속시간을 지켜야 한다는 것을 그들에게 가르치지 않았다는 증거이기도 했다.

또한 그들이 이렇게 여유를 부리는 것은 나 몰래 이미 지금 소환된 참고인인 장비 기사를 경찰서로 불러 조사를 받았다는 증거도 된다. 이미 나에게 불리한 증언들을 확보했다는 반증이기도 했다.

순간 나는 내가 너무 방심을 했구나 하는 생각을 했다.

이미 장비 기사를 나 몰래 경찰서로 불러 조사를 했다면 이 소심한 장비 기사에게 자신들이 원하는 답을 확보했다는 것이다.

"이리 오시오."

경찰이 소심한 장비 기사를 다정하게 부르며 앞장세웠다.

"여기서부터 쭉, 여기 ○○○씨가 임야를 장비로 긁으라고 지시한 것이 맞지요?"

"네!"

"저기도 그리고 저기도?"

"네!"

이미 경찰과 장비 기사는 입을 맞추고 왔다. 경찰이 묻는 대로 장비 기사는 대답했다.

"봐요. ○○○씨가 여기 임야 200여 평을 훼손한 것이 맞는데 뭘 그래요? 이분이 ○○○씨 지시로 그랬다고 하는데 이래도 발

뺨하시려고요?"

이미 입을 맞추고 온 그들은 나의 대답은 들을 필요도 없이 그렇게 사건을 확정한 상태였다. 이제 나 역시 그들이 사실확인서를 무용지물로 만들 때 쓰던 방법 그대로 그들이 나 몰래 장비 기사를 경찰서로 불러 이미 확보한 조서를 무용지물로 만들기로 했다.

난 핸드폰을 손에 들고 경찰들이 보는 앞에서 녹취를 하며 장비 기사에게 질문했다.

"내가 아침에 나가며 지시만 내렸지요? 하루 종일 여기서 지시한 것은 아니지요?"

"네!"

"내가 소나무 고사목을 제거하며 훼손된 담장 때문에 농작물을 말들이 뜯어먹어 그걸 막으려고 담장 보수를 해야 하니까 경계선을 긁어 정리하라고 지시하고 갔지요?"

"네!"

"저기 그리고 저기, 남의 임야를 긁어라. 이렇게 지시를 내리지는 않았지요?"

"네!"

내가 여기까지 질문하자 경찰들이 뭐하는 짓이냐며 내가 장비 기사에게 질문하는 것을 막으려고 소리를 쳤다.

"아! 내가 참고인에게 사실 확인을 하고 있잖아요. 왜 막으려 합니까?"

난 경찰들에게 큰소리로 반박하며 계속 물었다.

"여기가 경계선인데, 혹시 지금 저쪽 도로를 정리한 것을 착각해서 본인이 임야까지 들어갔다고 생각한 것은 아닌가요?"

"글쎄요……. 그런 것 같기도 하고."

우리 농토로 들어오는 진입로는 예전에 마구잡이로 자연석 채취를 하던 사람들이 만들어 놓은 것으로 내가 임시로 막으려고 길을 장비로 조금 파놓았다.

처음에 시비를 걸던 공무원들이 그걸 보고 그 땅이 내 소유가 아니라는 것을 알고 주인을 찾아 나를 고발해 줄 것을 요구했지만 이미 내가 그 주인에게 허락을 받고 했다는 것을 알게 되었다.

다시 공무원들은 그들이 훼손됐다고 주장하는 임야 주인을 찾아 내가 그 땅을 훼손했으니 고발하라고 충동질했지만 그는 관심이 없었다.

그 뒤에는 주인도 아닌 토지를 이용해 나의 농토로 진입하지 말라고 하는 바람에 오랫동안 방치된 폐도를 내가 개인 돈을 들여 장비를 이용해 다시 쓸 수 있는 200여 미터 정도의 도로로 만들어 놓은 곳이 있었는데 그 도로가 바로 공무원들이 문제를 삼고 있는 임야를 외각으로 돌고 있었다.

그 와중에 새로 도로를 만드느라 잡초와 잡목들 그리고 돌, 흙을 긁어 도로변으로 모아둔 것인데 그걸 장비 기사에게 손가락으로 가리키며 저기를 경계로 착각해서 저곳까지 들어간 것으로 생각하는 것이냐고 유도 질문을 한 것이다.

그 도로는 그 장비 기사가 작업한 것이 아니었다.

경찰들은 내가 질문을 못하게 계속 소리를 지르며 방해했지만 나는 끝까지 녹취하는 것을 보여주며 질문을 던졌다. 그들이 사실확인서를 무용지물로 만들 때 쓰던 그 방식 그대로 한 것이다.

"저기를 ○○○씨가 텃밭으로 만들게 긁으라고 지시했다면서요?"

경찰이 얼른 나의 질문을 방해하며 물었다. 이미 경찰서에서 그렇게 유도 질문을 해서 소심한 기사에게서 확보한 대답 같았다.

"네!"

장비 기사는 얼른 그렇게 대답한다.

"내가 저기에 20여 평을 텃밭으로 한다고 지시를 했다고요? 내가 텃밭이 없어서? 많고 많은 것이 밭인데? 저걸 내가 직접 지시했나요?"

난 언성을 높이며 장비 기사를 몰아세웠다. 소심한 성격의 장비 기사에게서 내가 원하는 답을 들으려면 그렇게 몰아세울 필요가 있었다.

"뭐하는 겁니까?"

경찰이 얼른 나의 의도를 눈치 채고 장비 기사가 대답하는 것을 막고 나섰다.

"가만히 있어요. 왜 방해를 합니까? 내가 지금 질문하고 있잖아요."

나는 오히려 경찰을 야단치며 다시 질문했다.

"내가 밭이 얼마나 많은지 다 알면서, 내가 겨우 남의 땅에 20평 밭을 만들려고 그 비싼 장비 삯을 내고 지시했단 말입니까? 내가 지시한 것이 아니지요?"

"네!"

장비 기사가 나의 유도 질문에 넘어가 바른 대답을 했다.

"뭐하는 겁니까? 전에 경찰서에 들어와서는 ○○○씨 지시로 텃밭을 만들 생각으로 임야를 훼손했다고 했소, 안 했소?"

경찰이 화를 내며 다그치자 소심한 장비 기사가 다시 머뭇거린다.

"훼손했다는 임야 중에 밭으로 쓸 수 있는 곳은 겨우 20여 평인데, 저걸 밭으로 쓰려고 내가 지시를 한다고요? 내 밭이 천 평도 넘는데? 혹시 다른 사람이 지시하지 않았나요?"

내가 슬쩍 다른 방향으로 유도 질문을 했다.

"그러고 보니 사장님은 아니었던 것 같아요."

결국 장비 기사 입에서 그들이 지금까지 애써 유도 질문으로 확보한 증거를 무용지물로 만드는 대답이 나오고 말았다.

"그럼 누가 그런 지시를 했어요? 기억나요?"

내가 다시 유도 질문을 했다.

"사장님은 아니고 뚱뚱한 남자 같았어요."

장비 기사 입에서 그 말이 나오자 경찰들은 다시 유도 질문을 했다.

"그럼 그 사람이 ○○○씨 직원들 중에 하나 맞지요?"

그 대답을 못하게 내가 얼른 다른 대답으로 유도했다.

"우리 직원들은 다 알고 있지요?"

"네, 네! 다 알죠."

"우리 직원들 중에 뚱뚱한 사람은 J씨 하나인데 그 사람은 여기 올 리가 없는데, 아니죠?"

"네! 그분은 잘 아는데, 아니었어요."

"그럼 고사리를 채취하는 사람들을 착각한 것 아니에요?"

"아! 그런 것 같아요."

궁지에 몰린 장비 기사가 갈 길을 내가 제시해준 것이다.

"고사리를 채취하던 사람이 농담 삼아 던진 말을 진짜로 알아들은 것 아닙니까?"

"이제 생각해 보니 그런 것 같아요."

결국 장비 기사는 고사리를 채취하던 사람이 해당 지역에 흙이 없는 것을 보고 "여기 좀 긁어주소. 텃밭이나 하게." 하는 말을 지시하는 것으로 착각해서 임야를 훼손했다고 대답했다. 사실은 그 장비 기사가 그 임야를 훼손한 적이 없다. 그 임야는 오로지 소나무 고사목 제거를 하던 사람들이 길을 만들고 임시 야적장으로 사용하느라 훼손한 것이고 그곳에 20여 평 흙만 있으니까 처제가 들깨 씨를 뿌렸던 것이다.

이렇게 경찰들이 조작해서 허위로 증언한 장비 기사의 증언은 이렇게 무용지물로 만들어 버렸다. 특히 경찰들 보는 앞에서 녹취를 했으니 다시 조작하거나 번복하기도 어려워졌다.

그날 경찰과 시청 공무원들은 나에게 KO패를 당하고 말았다. 이제 그들은 이번 일에서 더 이상 어떤 조작도 힘들어졌고. 그대로 사건을 마무리하는 수밖에 없었다.

공무원 집단도 자신들이 직권남용으로 걸려들 것을 모를 리 없다. 그러니 다른 방법을 강구할 것이다.

참 그들도 행동은 빨랐다.


다음날부터 H읍 농지담당이라는 여자가 찾아왔다. 처음 보는 40대 후반 여자와 젊은 여자, 둘이었다.

"농지에 돌들을 야적해 두면 되겠어요?"

"야적이라니요? 공무원들이 훼손한 담장을 설치하려고 갖다 놓은 돌인데."

"아, 난 그런 것 모르고. 내 눈엔 야적으로밖에 보이지 않네요."

억지도 그런 억지가 없었다. 새로 온 담당이라는 그 여자는 마치 자신은 지난 것은 모르고 눈에 보이는 것만 알겠다는 투였다.

그리고 돌아간 후 곧바로 원상복귀 명령을 보내왔다. 농사를 지어야 할 농지에 돌을 야적해 뒀으니 얼른 치우고 원상복귀를 해서 농사를 지으라는 것이다.

즉시 이유서를 작성해서 보냈다. 자신들이 엉뚱한 트집을 잡아 고발하고 농사를 못 짓게 했으면서 마치 내가 스스로 돌을 야적하고 농사를 짓지 않았다는 것으로 몰아가는 것이다.

물론 모두 그들을 직권남용죄로 고발하면 그 조사과정에서 드러날 것이지만 공무원 집단 역시 그때를 대비하여 미리 변명거리를 만들려는 수작이었다. 특히 공무원 집단이 가장 많이 쓰는 수법, 자신들이 불리하면 해당 공무원을 다른 곳으로 인사 이동시키고 담당자를 바꾼 후 모른 척하는 것이다.

이미 H읍 해당 공무원부터 자리를 바꾼 모양이었다. 다른 여자가 나타나 자신이 담당자라 하는 것을 보면 말이다. 경찰들이 꾸민 장비 기사의 허위 증언도 물거품으로 돌아가자 발 빠르게 다른 조치를 취한 것이다. 그런 그들이 내가 보낸 이유서를 받아들일 리 만무했다.

며칠 후 다시 내게 원상복귀 명령서가 왔다. 내가 보낸 이유서 내용을 검토해 본 결과, 허위이유라는 것이다. 자신들은 경찰에 고발한 사실도 없고 경찰들이 수사를 하면서 사건이 마무리될 때까지 농사를 못 짓게 막은 적도 없다는 것이다.

정말 기막힌 일이다. 직권남용죄를 면하려는 얄팍한 수작이다.

그리고 때를 같이 해서 경찰서에서 나에게 들어오라는 연락이 왔다.

나는 약속시간을 정확하게 지켜 경찰서로 갔다.

그들이 약속을 지키지 않았다고 야단친 내가 만약 약속시간을 늦기라도 한다면 그들이 바로 반박할 것이기 때문이라는 것도 있지만 어린 자식들에게 늘 약속의 중요성을 가르치는 내가 약속을 지키지 않을 리 없었다. 약속은 언제나 칼처럼 지키는 나였다.

경찰서에는 그 소심한 장비 기사도 같이 와 있었다.

"임야 훼손으로 고발된 문제는 이제 마무리하겠습니다."

경찰들은 더 이상 나른 트집거리를 잡지 못하고 결국 지금까지의 조사한 내용을 검찰에 넘기고 말았다. 그리고 이 사건은 검찰에서 내가 혐의 없음으로 끝나고 말았다.


다음날부터 나는 즉시 농토를 다시 정리했다. 비록 시기를 놓쳐 농사는 짓지 못했지만 가을 김장용 채소는 심을 수 있었다. 그들, 공무원 집단이 방해를 하지 않았다면 농사를 지을 수 있었다는 것을 그들에게 보여주려고 했던 의도도 없지 않았다.

나는 다시 일상으로 돌아와 있었다.

6개월 공무원 집단과 싸움으로 농사만 짓지 못한 것은 아니다. 늘 쓰던 소설도 하나도 못 썼고 하던 사업에도 많은 지장이 생겼다. 정신을 다른 곳에 두고 있었기 때문이다.

# 제5장

## 스스로 공무원의
## 노예가 되려는 자들

공무원들이 자신들의 죄를 덮고 자신들의 영역을 지키기 위해 나에게 저지른 만행은 그야말로 기가 막혔다.

우선 그들이 6개월간 내가 훼손했다고 주장하며 고발조치했던 문제의 그 땅은 그 땅주인이 땅을 팔며 측량한 결과 내가 임대를 한 전으로 밝혀졌다.

공무원들은 그 사실을 뻔히 알면서도 우리 전을 다른 사람 임야라고 우기며 나에게 복수하겠다고 설친 것이다.

공무원들이 그 사실을 몰랐다? GPS라는 것을 손에 들고 다니면 정확하게 지적도를 알 수 있다. 내가 임야를 훼손했다며 경찰에 고발까지 하고 범죄자로 만들려던 공무원들이 그걸 측량하지 않았을 리 없다.

경찰 역시 그걸 모를 리 없다. 모두 한통속이 돼서 나를 괴롭히는 데 6개월을 허비한 것이다. 국민들 세금으로 월급을 받는 자들이 할 일은 하지 않고 자신들 동료가 저지른 잘못을 감싸주려고 국민을 괴롭히는 데 6개월을 허비한 것이다. 그것도 한 둘이 아닌 경찰 두 명. 읍사무소 직원 여섯 명. 시청 녹지과 두 명 등 10여 명이 세금을 축내며 자신의 주인을 공격하는 데 매달린 것이다.

이 어찌 통탄할 일이 아니겠는가.

그곳이 내 땅이 아니고 임대를 한 곳이니 내가 그 땅을 측량할 리 없다는 약점을 교묘히 이용하여 없는 죄목을 씌워 범죄자로 만들어 보려는 공무원들의 음모가 무산됐으니 다시 어떤 수를 들고 나올까? 나는 조용히 기다려 보고 이 공무원들의 만행을 만천하에 알리려고 한다.

그리고 그들의 직권남용의 죄를 엄히 물을 것이다.


도정 최고 책임자는 언론에 나와 산록도로 위쪽은 개발을 불허할 방침임을 천명했다.

허나 슬그머니 그 속내를 드러내는 곳이 하나 있다.

시오름. 추억의 숲길.

두 산책로가 많은 사람들 인기를 끌기 시작한 것은 2013년 가을부터다. 특히 추억의 숲길 옆에서 오르는 시오름 산책로는 수백 년 묵은 삼나무와 편백나무 숲이 하늘을 가릴 정도로 울창하여 입소문이 나면서 갑자기 많은 사람들이 찾기 시작했는데 2014년 늦은 봄부터 무슨 공사를 한다고 산책로를 막고 굴삭기로 파헤치기 시작했다. 수백 년 묵은 편백나무들이 소리 없이 잘려나가고 뿌리째 뽑혀 나가며 도로가 만들어졌다.

무슨 일인가 가서 안내표시판을 본 나는 어이가 없었다.

서귀포시에서 발주한 치유의 숲길 조성공사라는 것이다. 자연 그대로가 치유의 숲인데 도로를 만들고 무슨 수련원에 휴양시설, 말이 휴양시설이지 별장 같은 느낌의 건물을 짓기 위해 수백 년 묵은 편백나무 숲이 파헤쳐지고 있었다.

이는 도정 책임자가 언론에 공표까지 한 산록도로 위에서 일어나고 있는 일이며 한라산 국립공원 안에서 일어나고 있는 공사현장이다.

수련원은 누구를 위한 수련원인가?

휴양시설인지 별장인지 모를 편백나무 숲속에 짓고 있는 건축물은 누구를 위한 것이겠는가?

과연 일반 국민이 이용할 수 있을까?

주차시설과 수련원은 입구에 위치했으니 그나마 치유의 숲 조성공사를 한다고 하면 할 말은 없지만 1킬로미터 이상씩 숲을 파헤치며 도로를 내고 그 높은 곳의 수백 년 묵은 편백나무를 파헤치며 꼭 그곳에 지어야 할 소규모 휴양시설 몇 동은 누구를 위한 시설일까?

아무나 다 들어갈 수 있다고 할 것인가?

고위직 공무원들 별장으로나 사용할 것은 너무도 뻔하다. 고위직 공무원들의 휴양시설인 셈이다. 말로는 일반인들도 사용이 가능하다 하겠지만 몇 년을 줄을 서서 대기해도 일반인 차례는 절대 오지 않을 것이다.

문제가 언론에 공개되기라도 하면 마지못해 몇 사람 정도 사용할 수 있게 하며 광고를 하겠지만 결국은 다시 고위직 공무원이나 사용할 수 있는 별장으로 돌아갈 것이다.

이는 국민들이 자신의 재산권은 사용하지 못하게 산록도로 위쪽은 개발 불허 방침을 내놓고 국민을 알기를 우습게 아는 공무원들의 추태를 드러낸 꼴이다. 그것도 도정 책임자가 산록도로 위쪽 개발 불허 방침을 공표하고 난 후 슬그머니 그 공사를 시작했다는데 더욱 분노하게 된다.

일반인들이 참 좋은 산책로라며 많이 찾는 곳을 길을 막아놓고 자신들만의 공간을 만들려고 그 좋은 숲을 파헤친다는 것은 공무원들의 만행이다.

국민들의 재산권은 철저히 막아 놓고 주머니에 돈이라도 넣어주길 기다리는가?

무엇이든 규제는 철저히 지켜야 비리가 없는 것이다.

규제라고 내놓고 그 규제는 국민들에게만 지키라는 엄포인가?

공무원들 스스로 지키지 않으면 비리를 바라는 것이 아니고 무엇이겠는가?

국민들이 그 자리에 자신들을 앉혀놓고 월급을 주는 이유가 국민들 위에 군림하라고 한다 생각하는 오만한 공무원들 습성은 언제쯤에나 사라질까?


제주도 무슨 본부장인가 하는 사람이 있다.

금능에 그의 땅이 있다고 했다. 육지에서 그 옆에 소규모 땅을 구입해 집을 짓고 살려는 사람이 있었는데 어머니에 딸 둘, 남자는 없고 여자만 셋이다.

너무 업신여겨서 그런가. 그 땅을 다시 자신에게 팔라고 했단다. 이유란 것도 땅을 덩치를 키워 중국인에게 팔면 많은 이득을 남길 수 있다고 하며 팔라고 했다는 것이다. 자신의 권위를 내세우며 반 협박을 한 셈인데, 이 육지에서 온 세 모녀는 팔수가 없었다. 그 땅이 그들에겐 재산 전부였기에 업자를 선정해서 이미 공사 계약금도 치른 상태라 거절했더니 그때부터 시비를 걸기 시작하더란다.

"타지에서 남의 동네 와서 살라면 고분고분 말도 듣고 해야지. 어디서 말대꾸야? 내가 누군지 알아?"

하면서 자신의 권위를 내세웠단다.

자신이 모 본부장이라고 하며 청와대에서도 근무했고 이 동네 토박이니 하면서 자신의 말을 듣지 않으면　아낼 것처럼 말하더란다.

나를 붙들고 무섭다며 하소연을 하는 세 모녀를 보며 공무원들의 오만함이 하늘 높은 줄 모르고 그 끝이 없구나, 아직도 국민은 공무원들의 노예구나 하고 개탄했다.

이는 내가 이 책을 쓰게 된 동기가 되기도 했다.

제주도에 와서 알게 된 충남에서 온 E라는 사람이 있다. 사기를 치고 교도소에도 갔다가 온 그는 나에게 접근하여 친구를 하자고 했다. 타지에서 와서 아는 사람도 없던 나는 그와 친하게 지내며 가족끼리 만나 식사도 하면서 친분을 이어갔다.

그런데 나에게 사람들을 모아 자기 일을 해 달라고 해서 해 줬더니 임금을 주지 않고 도주했다 무척 화가 났다. 나에게 사기를 치려고 하던 그는 결국 나에게 잡혀 노동청에 끌려갔다. 그러나 노동청에서도 그는 거짓말만 늘어놓았고 노동청 직원들은 내 말보다는 오히려 그의 화려한 언변에 더 신뢰를 보내는 태도를 보였다.

나는 그를 노동청 민원인 대기실로 데리고 갔다. 그곳은 노동청에서 누굴 믿어야 할지 모를 때 잠시 두 당사자를 쉬게 하는 밀실 같은 곳인데. 이런 곳엔 분명 도청장치가 되어 있었다. 진실을 알기 위해서였다. 그 사실을 짐작하고 그를 데리고 간 것이다. 그리고 사실대로 말하며 따졌다.

"임금 몇 푼 안주려고 이 난리야?"

내가 작은 소리로 그에게 물었다.

"그날 저녁에 몇 시에 퇴근들 했어? 5시도 안 돼서 퇴근했지?"

그가 드디어 사실을 말하기 시작했다.

"주어진 일을 다 끝냈는데 그럼 거기서 마냥 시간 보내고 있나? 퇴근시간이 20분 남았기에 사람들 그냥 퇴근시켰어. 그래서 임금을 못 준다는 거야?"

"4시 50분에 내가 전화를 해서 자네만 나오라고 했잖아? 그런데 왜 안 나왔어? 내 말을 무시하는 거야?"

"무슨 소리야? 내가 바쁜 일이 생겨서 다음날 만나자고 했는데?"

"작업시간 10분이나 남았는데, 내가 나오라면 나와야지. 시킬게 있든 없든."

"왜? 자네가 고용했으니까?"

"당연하지."

뭐 이런 녀석이 다 있지. 그러니까 작업시간이 10분 남았는데 할 일이 없어도 자기가 나오라면 나와야지 말을 안 들어서 임금을 못 주겠다, 이런 뜻이었다.

"뭐야? 그날 작업 다 끝내려고 점심시간에도 쉬지도 않고 일해서 겨우 4시 40분에 끝냈는데. 그 시간에 할 일은 없지만 네가 고용했으니 오라면 오고 가라면 가야 한다 이거냐?"

"당연하지."

"그래서 나까지 세 사람 임금을 못 주겠다, 이거야?"

"20분씩 공제하고 줄게."

이렇게 치사한 녀석이 다 있구나. 결국 그날 일한 세 사람은 일당 30만 원에서 한 사람당 5천 원씩 만 5천 원을 끝내 받지 못했다. 그리고 나는 그와 절교했다.

그 후 그는 같은 사기죄로 교도소에 갔다 온 C라는 사람과 단짝이 되어 부동산 전매로 나섰다. 땅을 사서 등기를 이전하지 않고 중국인들에게 판매하는데 근처 부동산 소유주들에게 같이 정리해서 한 번에 비싸게 팔아준다고 하며 매립도 불법으로 하고 소나무도 마구 잡아 없애 마치 한 덩어리처럼 큰 땅을 만들어 중국인들에게 비싸게 팔고 그 차익금을 챙기고 있었다.

자신의 이득을 위해 불법을 저지르는 국민. 그와 같은 자들이 있기에 국민은 공무원의 노예에서 벗어나지 못하는 것이다.

국민들에게 법이라는 것으로 가장 잘 알려진 도로교통 문제를 짚고 넘어가겠다.

우선 법이란 서로의 소중한 약속이란 점을 다시 한 번 강조한다.

요즘 운전을 하다 보면 가장 불편한 것이 있다. 특히 트럭에 짐을 싣고 가면 더욱 불편한 것이 바로 과속방지턱이다. 불편을 넘어 잘못하면 허리를 다치기 쉽다.

과속방지턱. 말 그대로 과속으로부터 안전지대를 보호하려고 설치하는 것이다.

그런데 이를 이기주의, 권의주의, 과대망상주의자들이 악용하는 것이 문제다.

과속방지턱을 어린이 보호를 위해 학교 앞에 설치하고 노인요양시설 앞에 설치하고 위험한 교차로 앞에 설치하는 것은 당연하다고 생각한다.

그런데 이 과속방지턱을 고위직 공무원들 집 앞 또는 그들을 아는 친척집 앞에 설치한다. 자신을 과시하기 위한 과대망상주의와 이기주의가 도로공사를 하는 자들에게 돈을 주고 말을 기르는 집이라 우리 말 보호를 위해, 골프장 입구니까, 아파트 입구니까, 연립 입구니까, 심지어 우리 집 입구니까, 하며 과속방지턱을 도로 위에 뿌리고 다닌다.

어떤 자는 자신의 별장에 일 년에 한두 번 내려오는 곳에도 과속방지턱을 임의로 만들어 놓았다. 이유인즉 차가 쌩쌩 달려서 먼지가 난다는 것이다.

운전자들도 보조를 맞추어 과속방지턱을 피하려고 중앙선을 넘어 역주행까지 한다. 그러면 과속방지턱을 건너편 차선까지 중앙선을 넘어 도로 전체에 설치한다. 결국 반대 차선의 차까지 넘지 않아도 되는 불편한 과속방지턱을 넘어야 하는 것이다.

만약 과속방지턱을 아파트나 연립, 골프장 입구 등에 설치하는 대신 자신들이 나오는 곳엔 두 개씩 설치하라고 하면 아무도 과속방지턱을 설치하지 않을 것이다.

왜? 지나가는 차량은 불편하더라도 내가 진입하기 편해야 하는데 나까지 두 개의 과속방지턱을 넘어야 한다면 아무도 설치하려고 하지 않을 것이다.

아파트 앞을 지나가는 차량은 불편하게 만들어 놓고 아파트 진출입 차량들은 편하게 쌩쌩 다녔는데 자신들부터 더 많은 두 개의 과속방지턱을 넘어 진입하라고 하면 그렇게 할 자들은 없다. 남이야 불편하든 자기만 편하면 된다는 이기주의가 도로 위에 과속방지턱을 남발하고 있는 것이다.

일 년에 한두 번 내려와 하루 이틀 잠자는 별장이지만 차량들이 속도를 내고 달리니 먼지도 나고 시끄럽다는 이유로 도로 위를 달리는 차량들에게 불편한 시설을 만들어 놓는 사악한 인심이 있는 한 국민들 스스로 공무원의 노예에서 해방되기도 힘들거니와 정말 세상을 살아가면서 가장 기본적으로 지켜야 할 서로의 약속, 그것 하나도 지키지 못하는 인간쓰레기가 되는 것이다.

또 요즘 도로 위에서 운전자들이 가장 주의해야 할 것이 무엇이냐 물으면 당연히 안전운전이 돼야 하는데 그렇지 못하다.

왜냐하면 운전자들이 가장 주의해야할 것은 과속 단속 카메라이기 때문이다.

여기서부터 위험하므로 속도를 60킬로미터로 줄이시오.

여기서부터 어린이보호구역이므로 속도를 50킬로미터로 줄이시오.

이런 안내표시는 없고 저기 보일 듯 말 듯 전봇대 위에 속도 제한 표시판이 수시로 바뀌며 나타난다. 80킬로미터에서 70킬로미터로 또는 60킬로미터, 50킬로미터로 심지어 30킬로미터로. 그리고 80킬로미터에서 그 어떤 이유도, 예고도 없이 갑자기 60킬로미터로 바뀌는 곳. 그곳이 경찰들이 숨어서 과속 단속 카메라를 설치하는 명당자리가 된다.

그러니 운전자들은 보행자와 앞 뒤 차량의 움직임을 우선 관찰해야 하는 것이 아니라 어디에 제한속도가 바뀌는 간판이 있는지를 찾는 것이 우선이고 경찰이 숨어 있나 없나, 그것을 찾는 것이 먼저다.

속도 제한도 일관성이 있으면 된다. 학교 앞이면 50킬로미터로 하던가. 30킬로미터로 하던가. 교차로 부근이면 60킬로미터, 마을 안길이면 60킬로미터라든지. 일관성만 있으면 되는데 그렇지도 못하니 운전자들이 발견하기 쉽게 미리부터 눈에 잘 띄게 제한속도가 바뀌는 이유부터 안내해야 할 것이다.

하지만 그렇게는 하지 않을 것이다. 왜냐하면 그렇게 되면 위반하는 차량이 드물 것이고 돈이 덜 생기기 때문이다. 그 돈이 과연 도로교통 질적 향상을 위해 쓰이는지 아니면 공무원들 주머니로 들어 갈 것인지는 몰라도 말이다.

운전자들을 보면 대부분 교통법규를 잘 지킨다. 간혹 무식한 자들만 남들은 신호를 지키고 있는데 중앙선까지 넘어 신호를 위반하면서도 빳빳이 고개를 들고 달리는 것을 볼 수 있다.

운전자들이 잘 모르는 것이 2차선 도로라면 1차선은 추월차선이고 2차선이 주행차선이라는 것이다. 대형차도 심지어 농사용 트랙터도 저속으로 1차선을 달리며 모든 차량의 흐름을 방해한다. 모두 약속이라는 그 소중함을 모르고 있다는 것이다.

서로 약속을 소중하게 지킬 때부터 국민은 공무원의 노예로부터 해방될 수 있다.

앞서 이야기한 금능리에 있는 세 모녀의 집 옆에 땅이 있다는 제주도 ○○위원장이라는 자는 자신의 땅을 중국인들에게 비싸게 팔려면 이 세 모너 땅이 필요한데 공무원이란 직권을 이용해 협박도 하고 자신을 과시하기도 했지만 먹히지 않자 올 때마다 트집을 잡는다. 하지만 그가 공무원이 아니라면 대한민국, 자본주의 국가에서 조금은 이해할 수 있다. 그러나 그는 고위직 공무원이다. 해서는 안 될 짓을 하는 것이다.

대한민국은 공무원 인성교육이 가장 중요하다. 철저한 인성교육을 시켜서 그 자리에 앉게 해야 할 것이다. 무조건 혈연이다, 학연이다, 지역감정이다 해서 고위직에 앉게 만들어 놓으니 국민을 알기를 자기들 노예로 아는 것이다. 그런 자들 밑에서 말단 공무원들이 뭘 배우겠는가. 그들은 어깨에 힘주는 것부터 배운다.

국민의 세금. 그것은 공무원들을 위한 노예들의 돈인가?

지난해 모 학교에 돌담 공사를 하나 했다.

"여기서부터 저기까지 담장 하는 데 천만 원 들어요."

라고 했더니 공사를 조금 더 해서라도 2천만 원짜리로 해야 한단다. 이유인즉 교육청에서 매년 학교에 배당금이 내려오는데 그걸 다 쓰지 못하면 다음엔 배당금이 작아지거나 없어지기도 한단다. 그러니 올해 배당금은 다 써야 한단다.

세금. 공무원들은 짜고 치는 고스톱으로 국민의 세금을 나눠 먹기 한다. 기막힌 일이다.

김포에 있을 때 이런 사건이 하나 있었다.

문제의 D화재에 가입되었던 자동차보험을 다른 업체로 이전하는 과정에서 D화재 직원이 앙심을 품고 김포시청 자동차 관련 공무원에게 허위 문서를 보냈다. D화재에 가입되었던 자동차보험을 해지하고 무보험으로 차량을 운행한다고 허위신고를 한 것이다.

공무원이라는 것들이 앉아서 컴퓨터에 1분만 조회를 해도 뻔히 아는 자동차 보험에 관련한 정보를 조회는 하지 않고 나에게 협박 문서를 보냈다. 00일까지 무보험이 아니란 증명 자료를 가져오지 않으면 벌금을 부과하겠다는 내용이었다.

당시 김포시장은 젊은 ○○○이었다.

나는 즉시 그 협박장을 들고 김포시청 자동차 관련 공무원을 찾아갔다.

지하실 같은 건물 가장 아래쪽에 자리 잡은 관련 부서에 들어가자 무더운 여름인데도 온몸이 서늘해질 정도로 실내는 시원했다. 에어컨을 풀가동하고 있는 모양이다. 어차피 국민들이 내는 세금인데 아낄 자들이 아니었다.

시원한 실내에서 의자에 몸을 기대고 편하게 앉아 있던 공무원이

"무보험이 아니란 증거를 가져오라니까 왜 빈손으로 오셨소?"

하며 마치 귀찮다는 뜻 손을 파리  듯 휘휘 저었다.

그린 꼴을 보고 내 잎에서 좋은 말이 나살리 만무했다.

"피땀 흘려 그 자리에 앉혀놓고 월급들 주니까 국민이 노예로 보이나? 내 차가 무보험 차량인지 아닌지 확인할 의무는 너희들에게 있지. 그러라고 월급을 주는 거 아니겠어? 시장이 어리다더니 어디서 공무원들 교육을 이렇게 시켰어. 시장 좀 만나야겠어."

그렇게 한마디 하고 그 부서를 나왔지만 그들은 콧방귀도 꾸지 않았다. 설마 정말로 시장을 만나기야 하겠나 싶었던 것이다.

맨 아래 위치한 사무실을 나와 가장 높은 지역에 위치한 시장실까지 단숨에 뛰어간 나는 시장실 문을 박차고 들어갔다.

"시장님 어디 있어요?"

내가 최대한 예의를 갖추며 시장을 찾았다. 그런데 시장은 없고 고위직으로 보이는 공무원이 무슨 일이냐고 나에게 물었다. 난 자초지종을 이야기했다. 그리고 시장을 만나서 따져야 한다고 시장실 소파에 털썩 앉았다.

다급했는지 바로 자동차 관련 부서 책임자를 전화로 소환하고 내게 녹차를 권하는 그는 나이가 나보다 많아 보였다.

엉금엉금 기어 왔는지 얼굴에 땀이 날까 봐 조심조심 온 것인지 자동차 관련 부서 책임자란 자가 시장실에 나타난 것은 30여 분이 지난 후였다.

시장실에서 만난 나이 많은 공무원은 자동차 관련 부서 책임자에게 따끔하게 혼을 냈고 자동차 관련 부서 책임자는 자신이 알아서 처리하겠다고 미안하다며 돌아갔다.

그러고 보면 반드시 윗물이 나쁘다고는 할 수 없다. 공무원이라는 자리가 사람을 그렇게 만드나 보다. 공무원뿐만이 아니다.

농협에 담보 대출을 받았던 적이 있다.

1,100여 평 토지를 담보로 3천만 원을 받았는데 토지 값이 4~5억 원은 갔다.

그런 토지를 처제에게 집을 지으라고 120평 분할을 해주려는데 담보대출이 문제였다. 처제에게 줄 토지에는 담보 설정이 없어야 하므로 농협에 가서 120평 분할되는 토지의 담보 설정을 해지해 달라고 요청했다.

담당자는 무척이나 귀찮아하는 기색이 역력했다.

"다음 주에 오세요."

하며 얼른 가라는 눈치였다. 어쩔 수 없이 일주일을 기다려 다시 갔다.

이번에는 서류를 이것저것 가져 오세요, 하며 관련 서류를 적어 주었다. 성격이 급한 나는 얼른 관련 서류를 준비해서 그날 바로 갖다 주었다.

"다음 주에 오세요."

또 다음 주에 오란다.

다시 일주일이 지나 찾아갔다.

"분할 토지에 담보 설정 해지 문제로⋯⋯."

여름철 소파에 몸을 뉘고 두 다리를 책상에 올려놓고 거만스럽게 앉아 있던 농협직원은 내 말이 끝나기도 무섭게 아 귀찮아, 라고 했다.

순간 나는 인상을 썼다.

"귀찮다고요?"

한마디 하는 것도 잊지 않았다.

"이런 건 다 윗사람들이 싫어해요. 안 돼요, 안 돼."

결국 2주일이나 지나서 하는 말이 안 되겠다는 것이다. 나는 무척 화가 났다.

"윗사람? 그럼 조합장을 만나면 되겠네. 조합장실이 2층인가?"

나는 그 말을 남기고 즉시 2층으로 올라갔다. 뒤에서 그 직원이 다급하게 나를 불렀지만 바로 조합장실로 들어갔다.

"무슨 일이세요?"

다행히 자리에 있던 조합장. 나는 격앙된 목소리로 자초지종을 말했다.

즉시 농협 대출 관련 책임자가 소환되고 모든 일이 뜻대로 처리되었다.

말단 자리지만 자신이 누구보다 강자라 생각되면 그는 거만해지고 초심을 잃게 된다. 공무원도 그 길이 자신을 파멸하는 길이라는 것을 모른 채 그렇게 그 길로 가고 있다.

사업을 하다 보니 간혹 어려움을 겪을 때도 있다. 금전적인 문제로 정말 힘들 때가 있다.

그럴 땐 어쩔 수 없이 사채업자 신세를 진다. 이자도 많고 사채를 쓰면 망하는 지름길이란 것을 알지만 사업을 하다 보면 수금이 어려워서 사채라도 빌려 직원들 월급을 해결하는 것이다. 연동의 H란 곳에서 2천만 원을 빌려 쓰고 매달 이자만 80만 원씩 지불하기도 했다.

이명박 정권이 들어서면서 음성적인 돈을 끌어내겠다. 하며 사채업자에게 세금을 물려야 한다고 하던가. 아마 세무조사를 한 모양이다. 검찰청에서 연락이 왔다. H란 곳에서 돈을 빌려 쓰고 이자를 얼마나 갚았는지 사실 신고를 하란다. 신고자 신분은 절대 비밀로 하겠단다.

개가 웃을 일이다. 공무원을 믿겠는가? 아니다 증거를 대라 하면 바로 여기 증거 있다, 아무개가 낸 신고서다 하며 보여 줄 것을. 공무원이란 자기 자리가 위태롭거나 자신의 밥그릇을 위하고 실적을 위해서라면 국민과의 약속쯤은 100번이고 집어던질 자들이다. 절대 믿어서는 안 될 자들이다.

그래서 나는 신고서를 제출하지 않았다.

H캐피탈 자동차 할부금을 하루만 연체해도 바로 이자가 붙는다. 하지만 그들이 실수로 또는 고의적으로 고객 돈을 이중으로 인출하면 며칠 지나서 재 입금 해주면서도 단 한 푼의 이자도 입금하지 않는다.

나는 이것이 부당하다며 H캐피탈 사장 정○○를 고발 조치했다. 이자 1,800원을 입금하지 않는다는 이유를 고소장에 썼다. 고객 돈을 허락도 없이 이중 인출하고도 이자도 없이 원금만 입금하는 것은 범죄행위다.

그런데 제주지검 검사라는 자가

"큰 사건도 많은데 이만큼 했으면 우리도 성의껏 한 것 아니오?"

하며 기각처리 했다. 고소장을 받아준 것도 감사하게 생각하라는 것이다.

1원이건 100억이건 범죄 행위는 같다.

그들이 꺼리는 것은 재벌 2세의 정○○. 그를 소환도 수사도 하지 않고 그냥 기각처리 하면서 그 정도로 시간을 허비한 것도 자신들은 할 도리를 다했다는 이야기다.

같은 시기에 ○○폴더넷 운영자에게 결제시스템이 이중으로 결제되는 것을 수없이 항의해도 대답도 없어서 2천 원을 사기혐의로 고발조치한 적이 있었다.

정○○는 1,800원 그 작은 돈인데도 고소장을 받고 기각 처리한 것도 할 일을 다 했다 하던 검사였는데 서민에 불과한 ○○폴더넷 운영자는 소환 조사를 하여 직접 합의하도록 하고 사건을 종결했다.

왜? 정○○는 소환도 못하고. ○○폴더넷 운영자는 소환할까?

공무원이라는 자들은 재벌들에겐 약하다. 얻어먹을 것이 많으니 그들 편이다. 정치인, 재벌, 그들 편에 서서 국민들을 죽이고 억압하고 빼앗아 먹기는 해도 국민 편에 서서 그들에게 칼을 겨누진 않는다. 그게 공무원 집단이다.

요즘 종합소득세 신고기간이다.

종합소득세는 국세청 홈페이지에 들어가 간단하게 신고하고 납부할 수 있다. 그런데 문제가 생겼다. 국세청 홈페이지에서 내 아이디가 삭제된 것이다. 전화를 걸어 문의해 보니 어이없게도 홈페이지를 리셋하면서 모든 국민들의 아이디가 지워졌다는 것이다. 국민들이 내는 세금으로 월급을 받는 공무원이지만 국세청 직원들은 별도의 권력이 있나 보다. 국민들에게 사과 한마디 없고 아이디가 지워졌으니 다시 가입해서 신고를 하라는 것이다 물론 미안하다는 말은 없어도 기간 내에 신고를 하지 않으면 불이익을 주겠다, 성실하게 신고를 하고 납부하지 않으면 불이익을 주겠다. 등 오만방자한 경고문은 잊지 않는다.

그렇다면 그들에게 난 묻고 싶다.

자신의 직무를 태만히 해서 국민들의 아이디가 다 삭제되게 하여 자신들 주인의 시간을 낭비하게 한 죄로 한 달간 월급은 자진 반납할 의사는 있는지?

거기다가 홈페이지는 오류투성이라 전혀 가입 자체가 되지 않고 있다. 며칠을 가입만 하려고 애를 쓰는데 홈페이지 오류 때문에 가입은 안 된다. 또한 문의 전화를 시도해도 연결도 어렵고 겨우 연결이 된다 해도 자기들도 모른다고 한다.

그보다도 더 기막힌 것은 국세청은 혼잡하니 될 수 있으면 홈페이지를 이용하란다.

되게 만들어 놓고 이용하라고 해야지, 월급만 받아먹고 뭘 한 건가? 홈페이지도 제대로 못 만드는지? 그것도 하나 제대로 못 만드는 자들에게 홈페이지 제작을 맡기며 뭘 받아먹었는지? 하는 일 없이 앉아서 국민들 세금이나 날름날름 받아먹은 자들은 무슨 죄로 다스려야 하는지? 우리나라 국세청이 마이크로소프트사의 지점인가? 새로 만들었다는 홈페이지는 오로지 윈도우7 이상만 지원하고 있다. 국민을 위한 홈페이지면 모든 운영체제를 지원해야 한다. 마이크로소프트사의 뇌물이라도 받았는지 한심하기 그지없다.


난 그들 공무원 집단에게 묻고 싶다.

나는 세금을 내고 그들의 월급을 줬는데 그들은 날 위해 무엇을 했느냐고?

해외에 나가서 돈을 벌겠다고 6개월이나 직업훈련을 받고 공항으로 가는 나를 붙잡아 6개월이라는 시간을 잃게 만든 전두환의 망나니 경찰.

만화가게를 하면서 새로운 삶을 개척하던 내가 도둑을 잡아 달라고 신고를 해도 콧방귀만 뀌다가 직접 잡아다 줘도 도둑이 전직 경찰관 자식이라는 것 때문에 오히려 내가 죄인 취급이나 받고 이사를 하게 만들었던 개×× 경찰.

D화재라는 재벌 편에 서서 사실 확인도 하지 않고 재산 압류 결정을 내려 그 도깨비 방망이 때문에 2년이나 고생하게 만든 엉터리 판사.

중앙선을 넘다 사고를 일으킨 여대생을 위해 나에게 가해자 라는 오명을 뒤집어씌운 교통경찰.

자신의 집 인테리어를 위해 일을 시키고 임금을 주지 않으려 고 하다가 그 임금을 받아간 것을 보복하려고 공무원 집단을 동원하여 직권남용을 한 행정 공무원들.

그들이 나에게 뭘 해줬느냐? 자신들을 월급 주는 주인에게 그 들은 해코지나 했을 뿐 도움을 준 것은 하나도 없다.


H읍에 가서 땅 농지원부를 만들려고 담당자를 찾아간 적이 있다.

담당자가 다른 사람들도 많은데 나에게 주민등록번호를 말하 란다.

할 수 없이 난 그 많은 사람들 앞에서 내 정보를 읊었다. 제대로 듣지 못했는지 다시 읊으란다. 화가 나서 더욱 빠르게 읊었더니 인상을 쓰며 주민등록증을 내란다.

그 담당자는 그렇게 생각했을지 몰라도 내가 아쉬워서 찾아간 것이 아니다. 나는 당연히 그의 일을 주기 위해 찾아간 것이다. 그는 그것이 그의 일이므로 월급을 받는 것이다. 그런데 내가 하인이라는 생각이 든 모양이다. 그 자리에 앉아 있으니 국민들이 자기들 하인처럼 보인 것이다.

어깨에 힘주고

"주민등록번호?"

그 많은 사람들 앞에서 내 정보를 공개하라는 것이다. 기막힌 일이다.

처음부터 "주민등록증을 제시하세요."라고 했다면 그는 임무를 올바르게 수행한 것이다.

개인정보는 소중한 것이다. 어깨에 힘이 들어가고 국민을 자신의 하인처럼 여기는 공무원 눈엔 국민의 개인정보쯤이야 쓰레기처럼 보이겠지만 말이다.

이곳 R아파트를 지을 때 소나무 아름드리 수만 그루가 잘려 나갔다. 허나 국민들이 집을 지을 때 단 몇 그루의 소나무만 있어도 허가할 수 없다고 한다.

재벌들이 자르면 되고 국민이 자르면 안 되는 이유가 무엇인가?

그것은 오로지 그들 공무원 집단의 주머니에 돈이 들어가느냐, 안 들어가느냐, 그 차이다.

나는 그러한 그들의 직권남용을 고발하고자 이 책을 썼다. 그리고 앞으로도 그들 공무원 집단과 지루한 싸움을 이어 나가려고 한다. 물론 이긴다는 보장은 없다. 그저 노력할 뿐이다.

박근혜 대통령이 세월호 참사로 국민들의 슬픔을 달래려 한 것이겠지만 해양경찰청을 해체한다고 했을 때 다른 이들은 믿었을지 몰라도 나는 믿지 않았다.

거대한 조직, 그 앞에서는 정치인도 눈치를 봐야 하기 때문이다. 물론 슬그머니 이름만 바꾸는 것이야 하겠지만.

과연 그 세월호 중심에 서 있는 ○○파의 교주 ○○○씨는 죽었을까?

국과수, 그들은 믿어도 되는가? 또 국민을 우롱하고 어느 호화로운 별장에서 편하게 지내고 있는 사람을 죽었다고 속인 것은 아닌가?

모든 사람은 믿어도 공무원은 믿을 수 없다. 그러므로 그의 죽음에도 의문이 생기는 것이다.

이 책에서 거론되는 공무원은 비리를 저지르고
권력을 이용해 국민 알기를 자신의 노예로 아는 파렴치한 자들이며
늘 맡은 임무에 충실하고 국민들을 하늘처럼 여기는
참된 공무원들의 이야기가 아니다.
참된 공무원들은 이 책에 거론된 공무원과 전혀 무관하므로
마음에 상처를 받지 않으셨으면 한다.